YR UN MOR WEN

YR UN MOR WEN

Cyfrol dathlu hanner canmlwyddiant
Clwb y Garreg Wen, Porthmadog

Golygydd: WILLIAM OWEN

GWASG PANTYCELYN

Dymuna'r cyhoeddwyr gydnabod cymorth
Adrannau'r Cyngor Llyfrau Cymraeg.

ISBN 1 874786 02 X

Cyhoeddwyd ac argraffwyd gan Wasg Pantycelyn, Caernarfon

CYNNWYS

Rhagair

Ar ben y lôn mae'r Garreg Wen
Yr un mor wen o hyd . . .

Rywle yn Sir Aberteifi yr oedd y garreg wen i Sarnicol. Ond ym Mhorthmadog y profais i gynhesrwydd y garreg wen. Nid atgo' am fore oes fel y bardd o Gardi ond rhywun yn cydio ym mraich dyn wedi riteirio, a'i dywys i seiad ddethol y Garreg Wen. Clwb di-bais, di-drais, di-dresi o bedwar ar hugain union. Clwb 'gwrol' yn ei wir ystyr — a gollodd fwy nag un gŵr da am na châi fynd drwy'r porth â'i wraig i'w ganlyn. Rhaid bod aelod wedi cael angina marwol neu bregethwr Wesla wedi cael 'sgytiad cyfnodol i mi gael fy nhrwyn i mewn o gwbwl. Wedi aros y tu allan ar y carped am sbel, caed cynnig a chefnogi a derbyn (yn unfrydol, gobeithio) y 'dieithr-ddyn'.

Fel yna'n ddifyr y traetha y diweddar Brifardd John Evans mewn ysgrif yn ei gyfrol *Pinshed o Halen* (Gwasg Tŷ ar y Graig, 1972) wrth alw i go' rai o flynyddoedd dedwydd ei ymddeoliad ym mhrif dref Eifionydd, cyfnod pan oedd, yr un pryd yn aelod o Glwb y Garreg Wen. Y mae'n mynd rhagddo i ychwanegu:

> Ac yng nghwmni'r gwyrda hyn, cael blasu hen bethau yn y dre newydd a gododd o freuddwyd William Alexander Maddocks — 'hogiau'r gegin' yn gofalu am lwnc anfeddwol â wicsen rhwng yr anerchiad a'r trafod. A thrwy'r mwg dudew a'r 'chwerthin diofal ysmala', heb fawr gownt o amser, y tyfodd rhyw hud o gwmpas y Garreg Wen i mi.

Clwb diwylliannol Cymraeg, anenwadol ac amhleidiol, i ddynion yn unig a chyfyngedig o ran nifer ei aelodau. Dyna Glwb y Garreg Wen felly. Yn 1993 dethlir hanner canmlwyddiant ei sefydlu.

Un o'r prif, onid y pennaf o'i sylfaenwyr, oedd J. T. Jones, y cyfieithydd a'r ysgolhaig. Buasai ef yn Ysgrifennydd i Glwb yr Efail, Bangor am gyfnod a phan symudodd i Borthmadog yn Brifathro'r Ysgol Ganol ystyriodd y byddai'n burion peth cychwyn sefydliad tebyg yn y dref honno'n ogystal. Galwodd ynghyd ddyrnaid o wŷr o gyffelyb anian. Trafodwyd y syniad a chaed mai da oedd. Yna, yn ddiymdroi, aed ati i enwi nifer o Gymry gwlatgar y cylch y gellid eu gwahodd i'r cyfarfod sefydlu. Anfonwyd llythyr i ugain. Ymatebodd pedwar ar bymtheg i'r alwad. Gweddus a phriodol yw eu henwi —Trefor Williams, Gwilym Lloyd Humphreys, O. Morris Roberts, J. R. Roberts, D. E. Evans, William Rowland, W. O. Jones, John O. John, J. C. Jones, John Watkin Jones, Idris Williams, Owen Parry, John Christmas Williams, Y Parchedigion Daron Jones, T. R. Lewis, D. M. Griffith, J. P. Davies a Herman Jones ynghyd â J. T. Jones ei hun.

Yn y cyfarfod hwnnw, a gynhaliwyd ar nos Fawrth, 2 Tachwedd, 1943 yng 'ngoruwch ystafell' y *Girl's Club* yn Heol yr Wyddfa, amlinellwyd cyfansoddiad a rheolau'r sefydliad newydd, penderfynwyd ei fedyddio'n Glwb y Garreg Wen a dewiswyd William Rowland, Prifathro'r Ysgol Sir yn Llywydd Sefydlog arno, Trefor Williams yn drysorydd a J. T. Jones yn ysgrifennydd.

Ymhen pythefnos, yn y cyfarfod nesaf, â'r Parch. T. R. Lewis yn gadeirydd, dosbarthwyd copïau o Raglen y Tymor a chaed yr anerchiad cyntaf un yn y Clwb newydd gan Trefor Williams a hynny ar destun a oedd yn amserol iawn ar y pryd — Papur Gwyn y Llywodraeth ar gwestiwn addysg.

Ac yn wir mynd ymlaen o nerth i nerth yn gwbl hunangynhaliol fu ei hanes wedyn gyda deuddeg cyfarfod yn cael eu cynnal bob tymor — deuddeg aelod i baratoi a darllen papur a'r deuddeg arall yn eu tro i lywyddu cyfarfod — felly am yn ail bob blwyddyn. Hwyrach y bydd ambell un ohonom yn cwyno ac yn tuchan ryw gymaint pan ddaw ei dro i gynnal noson er y cydnabyddir yn ddieithriad fod yr orfodaeth i ddarllen yn helaeth wrth baratoi, yn ddisgyblaeth werth chweil hefyd.

Nid na chaed ambell siaradwr gwadd wrth reswm. Bu cynnal cinio ac, am gyfnod, ffug eisteddfod, Gŵyl Ddewi oddeutu'r cyntaf o Fawrth bob blwyddyn yn rhan o'r polisi o'r dechrau. Yng Ngwesty'r Heliwr y cynhelid y dathliadau cynnar er bod goruchwyliwr y gwesty hyglod hwnnw, pob parch iddo, yn bur niwlog ei syniad, i gychwyn beth bynnag, am union natur ac ansawdd y Garreg Wen. Aethai J. T. Jones yno i logi ystafell ac i drefnu'r cyfarfod Gŵyl Ddewi cynta' ac o'i glywed yn sôn am glwb i ddynion yn unig fe dybiodd y gŵr bonheddig ar unwaith mai cyfarfod ar yr un llinellau â chinio Gŵyl Ddewi y *Royal Welsh Fusiliers* oedd gan yr Ysgrifennydd mewn golwg —

> '*And I shall see to it,' meddai, 'that there will be a plentiful supply of leeks for the members to throw at one another. We shan't mind a bit of a mess just for once you know, on St. David's Day'!*

Buan y sylweddolodd ei fod wedi cyfeiliorni'n enbyd hefyd!

Derbyniodd y Dr. Tom Richards, Bangor, wahoddiad i fod yn ŵr gwadd y noson honno ac, yn y crynodeb o hanes y cinio a ymddangosodd yn *The Leader,* y papur Saesneg lleol, ceir y frawddeg a ganlyn —

Do, rydw i'n siŵr!

Enillydd y goron ym mhrif gystadleuaeth farddol yr eisteddfod a ddilynodd anerchiad Doc Tom oedd Trefor Williams ac fe'i coronwyd, gyda'r rhwysg a'r seremoni yr oedd yr achlysur yn ei hawlio, gan yr Archdderwydd 'Idris Hir' — ond o 1945 hyd 1962 fe gofir mai'r Archdderwydd swyddogol a dramatig oedd y diweddar J. R. Roberts ac fe'i dilynwyd yntau gan yr un mor ddramatig Meirion Jones!

Bellach perthyn i'r pethau a fu y mae Eisteddfod y Clwb. Erbyn hyn, ar Ŵyl Ddewi, bodlonir ar wrando ar anerchiad y gŵr gwadd yn unig ond bod hynny yng nghwmni'r 'rhyw deg' — boed yn wragedd neu chwiorydd neu famau neu'n wir famau-yng-nghyfraith yr aelodau! Er mai dyna'r unig dro mewn blwyddyn yr agorir y pyrth hefyd. Hyd yma beth bynnag nid oes sôn am dderbyn merched yn aelodau cyflawn! Byddai angen dyn go ddewr i feiddio awgrymu'r fath symudiad mewn cadarnle mor honedig siofinistaidd!

A chystal hefyd, cyn gadael y dathliadau Gŵyl Ddewi, cyfeirio at y dewis oedd ar y fwydlen a baratoesid ar ein cyfer ar un achlysur yng Ngwesty'r Heliwr.

> Dewch am botes, fel Esau,—naill ai cawl
> (Lliw coch?) o sudd ffrwythau,
> Neu, cawl o lesawl lysiau
> Yn iraidd iawn,—(un o'r ddau).
>
> Yn nesaf, iargig; sef hergod—nobl iawn
> O blith y dofednod:
> Sbrowts, pys gleision a 'nionod,
> Tatws o'r tir,—clir eu clod.
>
> Rhew hufen (heb afrlladennau?)—gyda
> Chymysgedig ffrwythau,
> Neu felys darten 'falau:
> (P'run, weithion, ddynion, o'r ddau?).
>
> Toc, twysged o fisgedi—ddaw i'm gŵydd,
> A hen gaws Caerffili;
> Llawn archwaeth, 'sbrydiaeth a sbri
> Y'n caffer, pan ddaw'r coffi!
>
> *J.T.J.*

Cynhelid gwibdeithiau haf yn ogystal yn ystod y blynyddoedd cynnar. I ardal Clynnog y cyrchwyd ar y trip cyntaf a daeth Syr Ifor Williams yno i gyfarfod yr aelodau ac i draddodi darlith iddynt. Buan, yn ôl pob adroddiad, y swynwyd hwy gan ddawn yr Athro a buont yn gwrando'n gegrwth arno'n traethu ar ogoniannau'r gorffennol. Caed llawer pererindod cyffelyb yng nghwrs y blynyddoedd. Dyna'r daith gofiadwy honno i Fôn fel enghraifft pan fu 'sgarmes fflamllyd — soniarus', yn ôl y cofnodion, rhwng Bob Owen Croesor, yr arweinydd gwadd am y diwrnod a gŵr y Dafarn Goch — neu'r wibdaith i'r Gerddi Bluog (y *Bluog Gardens* yn ôl papur lleol arall!) pan aeth hanner blaen y prosesiwn o dan arweiniad y Llywydd Sefydlog a'r Ysgrifennydd heibio i'r drofa briodol a mynd ymhell ar ddisberod!

Llun: Emyr Thomas

BOB OWEN, CROESOR
yn llawn afiaith wrth iddo arwain un o wibdeithiau cynnar y Clwb

Eithr ni chynhelir gwibdeithiau mwyach. Gwell gan yr aelodau presennol Gyfarfod Haf yn Y Gegin Gefn ple ceir pryd o fwyd maethlon a darlith i ddilyn gan ŵr amlwg sy'n awdurdod ar ei briod faes ym myd llên neu farddas.

Bu'n arfer ar hyd y blynyddoedd hefyd i gadw cofrestr presenoldeb yn y cyfarfodydd a 'does undim sy'n adlewyrchu ffyddlondeb — neu'n wir an-

x

ffyddlondeb — yr aelodau, yn gliriach nag yw astudiaeth o'r ystadegau y gellir eu casglu o'r cofrestrau hynny. Caed presenoldeb llawn gan wyth aelod yn ystod tymor 1947-8 fel enghraifft. Doedd pedwar arall ddim ond wedi colli unwaith a phedwar arall drachefn ond wedi colli ddwywaith. Ac nid oedd y tymor hwnnw'n eithriad chwaith — yn ystod y deuddeng mlynedd cyntaf beth bynnag. Erys yr un ffyddlondeb i raddau o hyd er gwaetha'r ffaith fod patrwm cymdeithas wedi newid a bod, o bosib, lawer mwy o alwadau am amser a sylw pobl nag a fu. Ac er y mynych fynd a dod yng nghwrs y blynyddoedd fe lwyddwyd yn rhyfeddol i lenwi'r bylchau ac, er peth syndod hwyrach, i ennyn yr un teyrngarwch yn yr aelodau newydd. Hir y parhao!

Y mae'n gwbl hanfodol bod unrhyw gylch llenyddol yn ddoeth yn ei ddewis o ysgrifennydd er mwyn gwarantu y parhad a'r sefydlogrwydd y mae pob sefydliad o'r fath ei angen. Bu Clwb y Garreg Wen yn ffodus odiaeth yn ei dri ysgrifennydd hyd yma. Byddai cofnodion J. T. Jones o'r cyfarfodydd yn gampau llenyddol o'r radd flaenaf bob un. Mae'n druen nad oes yma ofod i ddyfynnu. Am y tro bodlonir ar un dyfyniad yn unig.

Cafwyd 'noson gerddorol' ar ddechrau tymor 1954-5 pan siaradodd John Watkin Jones ar y testun 'Hen Alawon Cymru'. Dyma ran o groniel afieithus J.T. o'r cyfarfod hwnnw—

> Yr oedd John Watkin Jones, yn ôl ei arfer, wedi trefnu i'w bartner cerddorol, yr offeryn, i fod yn bresennol gydag ef. Bu'r cydweithio rhyngddynt yn berffaith. Nid *Sleeping Partner* oedd y piano mwyach wedi i bencerdd y Clwb eistedd o'i flaen a dechrau goglais ei asennau. Dôi'r naill hen alaw ar ôl y llall yn rhyfeddol fyw gan gyffyrddiad cariadlon bysedd y meistr ac, yn enwedig yng ngoleuni'r dadansoddiad a roes ef arnynt. Bu cleimacs y cyfan pan gyhoeddwyd 'Diniweidrwydd y Fêl Wefus' a llais angerddol-brofiadol Alun Roberts (yr hen lanc!) yn treiddio'n gyfrodedd perseiniol trwy ecstasi gorfoleddus datganiad Cân y Clwb — fel nodau'r feiol fawr yng nghanol seiniau'r gerddorfa. Teimlid mai dyma'r simffoni fwyaf gorffenedig a gafwyd erioed y tu yma i Baradwys! Yr oedd, a dyfynnu Dr. Gruffydd Robert, Milan, 'megis pe gwnelsid miwsig cyson cyfan-gan o gydlais paradwysaidd holl adar y byd yn yr unlle . . .'!

Rhoddodd J.T. y gorau iddi ar ddiwedd tymor 1961-2 a chytunodd R. D. Jones, Prifathro Ysgol Gynradd Tremadog ar y pryd, er gwaethaf ei brysurdeb fel Ysgrifennydd Cyffredinol Eisteddfod Genedlaethol yr Urdd (Y Port 1964) i ymgymryd â'r gwaith. A mawr fu ei ymroddiad. Yr ysgrifennydd presennol yw John Rees Jones. Bu ef yn ysgwyddo'r cyfrifoldeb am y rhan helaetha' o ugain mlynedd ac y mae arnom ddyled drom iddo yntau am ei lafur eithriadol ar ein rhan. Bydd y llyfrau cofnodion — ac y mae nifer ohonynt wedi eu llenwi gyda threiglad y blynyddoedd — yn faes toreithiog i unrhyw fyfyriwr ymchwil ryw ryfedd ddydd a ddaw.

Yr oedd yn anorfod y byddai ambell hen sinig weithiau yn cyhuddo'r Clwb o fod yn sefydliad cul a chyfyng a'n bod yn gymdeithas gaeëdig, hyd yn oed gloëdig, a bod ei haelodau yn tueddu'n rhy aml i oleuo cannwyll dim ond i'w dodi wedyn o dan lestr, fel petai. Eithr prin ei fod yn gyhuddiad teg. Fe roddodd gymorth ar hyd y blynyddoedd i nifer o fudiadau diwylliannol bach a mawr, pwysig a dibwys. Afraid lluosogi ffeithiau. Buasai'n eitha' peth i ambell grintach o feirniad astudio'r ystadegau a myfyrio ryw gymaint uwchben y ffeithiau. Ac ni ddylai byth fod yn angof mai yng Nghlwb y Garreg Wen, gyda'r diweddar John Elwyn Hughes yn frwd ar flaen yr ymgyrch, y blagurodd y syniad yn y lle cyntaf o wahodd yr Eisteddfod Genedlaethol i Ddyffryn Madog yn 1987. 'Doedd bosib fod 'culni' yn nodweddu symudiad o'r fath.

A bellach, fel y dywedwyd, dyma ni ar drothwy'n hanner canfed pen blwydd. I ddathlu'r achlysur penderfynwyd y byddai'n eitha' syniad casglu ynghyd ddetholiad bychan o ysgrifau a storïau, erthyglau a darnau o farddoniaeth, eiddo rhai o aelodau presennol a chyn aelodau'r Clwb. Y bwriad oedd chwilio am ddeunydd nad oedd wedi ei gyhoeddi yn unman arall erioed o'r blaen. Fe lwyddwyd i raddau mae'n wir er y bu raid inni dorri'r rheol ambell waith hefyd.

Rwy'n ddiolchgar iawn i'r gweisg, i R. Alun Evans o'r Gorfforaeth Ddarlledu ac i Lys Eisteddfod Môn am ganiatâd parod i gynnwys gwaith a oedd eisoes wedi gweld goleuni dydd. Yr un modd cydnabyddir dyled i Mrs. Mair Evans, Mr. Dafydd Franklin Jones, Mrs. Menna Schindler, Mrs. Marjorie Davies, Mrs. Lena Thomas a'r Prifardd Emrys Roberts am ryddhau, dros dro, yr hawlfreintiau a berthynent iddynt hwythau. A bu'r naturiaethwr hynaws Ted Breeze Jones yn hwy na braich i Olygydd truan! Nid yn unig caed ysgrif ddiddorol ganddo ond ef hefyd biau nifer o'r lluniau a geir hwnt ac yma yn y gyfrol. Diolchir yn gynnes iddo yntau.

*   *   *   *

Wrth edrych yn ôl heddiw ar droeon gyrfa'r sefydliad, mewn diolchgarwch am brofiadau gwerthfawr y gorffennol, rydym yr un pryd, yn troi drachefn yn llawn hyder ffydd i'r dyfodol. Nid yn unig hyderwn y bydd y detholiad, digon cymysg yn aml mae'n wir, a gasglwyd ynghyd yn y gyfrol fach hon, yn fodd i ddyfnhau cariad yr aelodau tuag ato ac yn magu penderfyniad ynddynt i ddal ati i gadw'r lamp i losgi, ond y bydd yn ogystal yn gyfrwng i arddangos i ddarllenwyr ymhell tu draw i ffiniau'r fro beth o lafur criw o garwyr llên yn eu hymdrech i warchod y diwylliant Cymreig mewn cornel o Eifionydd. Nid 'cyfyng' mo apêl 'hogiau'r Garreg Wen' y tro hwn gobeithio.

Borth-y-gest   *WILLIAM OWEN*
Medi 1992

Gaf innau ddiolch

Mae llawer yn meddwl mai criw o hen athrawon a gweinidogion ac ati yn hel at ei gilydd i yfed te a malu awyr ydyw Clwb y Garreg Wen. Dyna, a dweud y gwir, oeddwn inna' yn ei gredu bymtheng mlynedd yn ôl, er 'mod i wedi clywed y diweddar John Elwyn Hughes yn sôn am y Clwb laweroedd o weithiau fel lle hynod ddifyr a diddorol. Roeddwn i wedi sylwi hefyd ar ffyddlondeb diwyro Emrys Anwyl i gyfarfodydd y Clwb. Gwelais ef ynghanol prysurdeb trin defaid yng Nghwmorthin yn gadael y gorlan a'i gloywi hi am adra dros fwlch y Rhosydd heb falio am na dafad na dyn ar noson Clwb y Garreg Wen. Yn wyneb y fath ymroddiad roedd hi'n naturiol i ddyn holi beth oedd mor ddeniadol yn nosweithiau'r Clwb a sut oedd ymaelodi.

Y meddyg Ieuan Parri aeth â'r maen i'r wal yn hanes fy mherthynas i â'r Garreg Wen. 'Mae 'na le i aelod newydd yn y Clwb,' meddai, 'ac ma' John Elwyn a minnau am roi dy enw di gerbron. Tyrd i'r cyfarfod nesa' i weld beth sy'n mynd ymlaen.' Mewn parchus ufudd-dod i orchymyn meddyg ac i fodloni cywreinrwydd mi es innau yn bryderus brydlon am ugain munud wedi saith nos Fawrth i fan cyfarfod y Clwb yn Siop Eifionydd, Porthmadog. Anturiais i mewn drwy'r drws a gwelwn fod yr aelodau yno yn barod ac yn eistedd yn ddisgwylgar wrth fwrdd hir oedd yn ymestyn ar hyd yr ystafell. Sylweddolais mewn sobrwydd cyn lleied o'r wynebau o gylch y bwrdd yr oeddwn i yn eu hadnabod. 'Os nad wyt gyfarwydd, cyfarch,' medd hen wireb ddoeth a chyfarch wnes i am 'y mywyd gan ysgwyd llaw i'r dde a'r aswy a gwenu fel giât ar bawb a phopeth. Wedi cylchu gwyddwn i sicrwydd fy mod am y tro cyntaf yn fy oes yng nghanol nythaid o athrawon!

Gwas fferm oeddwn i, wedi fy ngeni a'm magu yng Nghwm Croesor a difyr dreulio rhan helaeth o'm hoes yn noddfa ei fynyddoedd. Gwyddwn yn iawn beth oedd ci un dyn, ac i raddau dyn un athro oeddwn innau o gefndir Ysgol Croesor, a chylch fy adnabyddiaeth o athrawon yn druenus o gyfyng.

Profiad hunllefus i mi oedd eistedd drwy ran gyntaf y cyfarfod. Teimlwn fod sawl pâr o lygaid athro yn fy hoelio i'm cadair ac eisteddwn â'm dwylo ymhleth mor ddiysgog â delw gerfiedig. Cofiaf fod y Llywydd Sefydlog, y diweddar William Rowland, wedi estyn croeso cynnes i mi ond lwyddodd hynny ddim i ddadmer fy syfrdandod.

1

Mae'n siŵr, yn ôl y drefn arferol, fod yr ysgrifennydd wedi darllen cofnodion manwl o weithgareddau'r cyfarfod blaenorol, a llywydd y noson wedi rhoi cyflwyniad teilwng i'r agorwr a'i destun, a'r agoriad yn un gwirioneddol dda, ond rhyw wrando oeddwn i fel cwningen wedi sleifio i ardd dyn dieithr yn llechu â'i chlustiau ar ei gwar ac yn disgwyl i wn dau faril gael ei wthio drwy'r gwrych i saethu'r tresbaswr i dragwyddoldeb!

Llun: Emyr W. Thomas

Y CLWB YN Y PUMDEGAU

Rhes ôl (o'r chwith): Bryn Jones, Aubrey Richards, Ifor Jones, John Watkin Jones, J. H. Roberts (Monallt), Morris Roberts, Huw Ethall, James Arnold Jones, Ieuan R. Davies, D. Keri Evans, J. T. Jones, Emyr Wyn Thomas.
Rhes flaen: Y Cynghorydd Hugheston Roberts, William Rowland, J. R. Roberts.

Wedi'r agoriad cafwyd egwyl, a dynion profiadol, diffwdan yn estyn paned o de a chacen gri i bawb a'r tafodrydd yn ymroi i sgwrsio. Drwy ryw ryfedd ras, roeddwn yn eistedd rhwng y Parchedig Harri Parri a John Watkin Jones, dau o blith yr addfwynaf o ddynion, a diddordeb John Watkin yn hynt a helynt 'yr hen Gwm' yn falm i'm hyder egwan. Daeth yr egwyl i ben, cliriwyd y llestri gweigion, a dyna lywydd y noson, gan syllu i fyw fy llygaid dybiwn i, yn gwahodd sylwadau'r gwrandawyr ar yr anerchiad.

Buan yr amlygwyd bod yr aelodau wedi gwrando yn astud ar yr agorwr a bod dylanwad yr athrawon yn drwm ar ddisgyblaeth a thrylwyredd y gwaith

2

cartref a wnaed ar y testun. Roedd y naill werthfawrogiad deallus ar ôl y llall yn cael ei gyflwyno'n feistrolgar a difyr o aelod i aelod a chymeradwyaeth hael yn dilyn pob cyfraniad. Roeddwn innau druan yn dirdynnu crebwyll hesb am rywbeth synhwyrol i'w ddweud ond cyn gynted â bod egin syniad yn brigo roedd rhyw siaradwr parod yn siŵr o'i fynegi'n rhugl o'm blaen!

Daeth y foment dyngedfennol, pawb ond myfi wedi cyfrannu, a'r distawrwydd ar ôl y siaradwr olaf yn llethol. Teimlwn bob llygad yn ddisgwylgar droi i'm cyfeiriad. Llyncais yn gras a llwyddais i ddweud, 'Gaf innau ddiolch' cyn i floesgni llwyr dagu fy llais.

Cefais gymeradwyaeth fyddarol, ac yn sgîl y gymeradwyaeth haelionus honno fe wawriodd llygedyn o obaith yn fy enaid y gallwn innau drwy fawr ymdrech, disgyblaeth a dyfalbarhad ddatblygu'n aelod ffyddlon o griw caredig Clwb y Garreg Wen.

Am gael bod, ac am yr addysg a'r mwynhad, gyfeillion, 'gaf innau ddiolch'.

Yr Ynys Galch, Porthmadog

'Bryn Coffa' ydwyt mwyach—
   Bryn coffa dewrion bro;
Ac wele dyrfa heddiw
   Yn talu teyrnged, dro;
Mae'r faner yn cyhwfan
   Er nad oes neb yn llon;
Mae tristwch lond yr awel
   A hiraeth dan bob bron.

I tithau daw atgofion
   Am ddyddiau pell yn ôl—
Y glasfor gylch dy lwynau
   Y gwymon yn dy gôl,
Gwyn gregyn ar dy greigiau,
   A gwylain ar y lli;
Pwy all ddychmygu'r hiraeth
   Sydd yn dy fynwes di?

J. CHRISTMAS WILLIAMS
(O *Awen Arfon* — Llyfrau'r Dryw, 1960)

3

Adennill y Traeth Mawr

Heddiw adwaenir y darn tir sy'n cyrraedd o Borthmadog i Bont Aberglaslyn fel Dyffryn Madog; ond cyn dechrau'r ganrif ddiwethaf, adwaenid y lle fel y Traeth Mawr. A'r pryd hwnnw, cainc o fôr ydoedd, yn cyrraedd o Borth-y-gest (ar du'r dehau) hyd Bont Aberglaslyn (i'r gogledd); ac o Finffordd (Meirion-nydd) — ar du'r dwyrain — hyd Benmorfa (yn Sir Gaernarfon) i'r gorllewin. Ac er mai William Alexander Maddocks biau'r clod am ennill y tir hwn o afael y môr, yn nechrau'r ganrif ddiwethaf, nid y fo oedd y cynta' i feddwl am y peth.

Ceir cyfeiriadau at y Traeth Mawr yn gynnar iawn yn ein llenyddiaeth. Hyd y gwn i, y cyfeiriad cynta' yw hwnnw yn y Mabinogi. Yno, yn Chwedl Math fab Mathonwy, sonnir am Bryderi, Arglwydd y Deheubarth, yn erlid y dewin, Gwydion fab Dôn, am iddo ladrata moch o'r de, a'u dwyn i lys Math yng Ngwynedd. Yr oedd Gwydion a'i wŷr, wedi croesi'r Traeth Mawr gyda'r moch, drwy'r lle a elwir eto'n Bwlch y Moch. Ond daliwyd hwy gan wŷr Pryderi; ac wedi brwydr ffyrnig, dywed y chwedl i wŷr Pryderi encilio 'i le a elwir *Dol Benmaen,* a cherdded wedyn i'r *Traeth Mawr,* ac ymlaen i'r *Felenrhyd,* ger Maentwrog.'

Ceir cyfeiriadau mynych at y Traeth Mawr hefyd gan deithwyr; ac mae'n amlwg fod y Traeth wedi peri rhwystr anghyffredin i deithwyr drwy'r oesau.

Cwyna rhai am ei beryglon a'r gost o'i groesi. Byddai'n rhaid cyflogi cychwyr ar adeg llanw, ac arweinwyr ar adeg trai, i groesi'n ddiogel dros y tywod peryglus. Yn 1188 croesodd Gerallt Gymro drosto, ar ei daith drwy'r gogledd i bregethu o blaid Rhyfeloedd y Groes, a chyfeiria at hynny yn ei *Deithlyfr* enwog. Ac yn 1535, yn ystod teyrnasiad Harri VIII, cyfeirir ato gan deithiwr enwog arall o'r enw Leland. Gŵr enwog arall a gafodd gryn drafferth gyda'r Traeth Mawr (a chydag enwau Cymraeg yr ardal hefyd) oedd y Parch. John Wesley. Daeth ef drwodd yng nghanol y ddeunawfed ganrif, ar ei daith i Fôn ac Iwerddon. Yn ei *Ddyddlyfr,* Mawrth 23ain, 1756, dywed iddo adael Dolgellau am chwech y bore, a chyrraedd Tanybwlch rhwng unarddeg a hanner dydd. Ac meddai: *'An honest Welshman gave us to know that he was just going over the sands, so we hastened with him, and by that means came in good time to Caernarvon.'*

Diddorol hefyd yw cyfeiriad yr hen fardd, Gruffydd Phylip o Ardudwy, ato (tua 1640) yn ei gân — 'Hiraeth am Deulu Ystumllyn'. Yr oedd yr hen fardd yn awyddus i groesi i 'Stumllyn, ger Pentrefelin, i weld ei gyfaill, Owen Ellis; ond yr oedd y Traeth Mawr ar y ffordd, ac meddai:

> Gwaeth i mi na byrder dydd,
> Sy' i'm peri'n brudd, debygwn,
> Fod i'm rhwystro lanw a thrai.
> Gwae fi na bâi fo'n Wndwn!

Ond aeth dwy ganrif arall heibio cyn troi'r tir tywodlyd yn dir gwndwn!

Ceir llawer o gyfeiriadau eraill at y peryglon a'r gost o groesi'r Traeth Mawr; ond rhaid i mi sôn yn awr am yr ymdrechion a wnaed i adennill y Traeth o afael y môr.

Mae'n debyg mai'r cyntaf i feddwl am adennill y Traeth oedd Syr John Wynn o Wydir, ger Llanrwst — gŵr oedd a'i fryd yn barhaus ar ychwanegu at ei diroedd. Yr oedd Syr John yn ddisgynnydd o hen deulu Maredudd ab Hywel, o'r Gesail Gyfarch, hen blasty enwog yn Eifionydd, rhyw dair milltir o Borthmadog. Yn 1625 anfonodd Syr John lythyr at y peiriannydd enwog Syr Hugh Myddleton, yn erfyn arno i ymweld â'r Traeth Mawr, gyda'r bwriad o'i adennill oddi ar y môr. Ond y pryd hwnnw, yr oedd Syr Hugh yn rhy brysur gyda gweithfeydd plwm Sir Aberteifi, a gwaith dŵr Llundain, ac ni ddaeth dim o'r bwriad hwnnw.

Ond yn nechrau'r ganrif nesaf, daeth i feddwl amryw wŷr bonheddig o'r ardal, mai da o beth fyddai sychu'r ddau draeth. Ac yn 1718 anfonwyd deiseb ganddynt i Richard Vaughan, yr Aelod Seneddol dros Sir Feirionnydd, yn erfyn arno ddeisyf ar y Senedd i basio deddf, yn rhoi hawl iddynt adennill y Traeth Mawr a'r Traeth Bychan; ond am ryw reswm ni ddaeth dim o'r bwriad hwnnw ychwaith.

Drachefn tua 1770, bu gŵr o'r enw Mr. Bell Lloyd o Crogen (ger y Bala) a Dug Lancaster yn trafod y peth. Gwnaed arolwg manwl o'r Traeth, ac amcangyfrifwyd y byddai'r gost o'i sychu tua £30,000. Ond y tro hwn, yr oedd y tirfeddianwyr a'r ffermwyr lleol yn erbyn y cynllun, a rhoed y bwriad hwn heibio wedyn.

Ac er na chynigiwyd unrhyw gynllun arall ar raddfa fawr, tan ddyddiau William Alexander Maddocks, fe ddylwn ddweud fod cryn lawer o dir wedi ei ennill yn ystod y ddeunawfed ganrif gan dirfeddianwyr lleol.

Ar dabled yn hen Eglwys Llanfrothen, dywedir mai William Williams, Brondanw (a fu farw 1778) oedd y cynta' i godi cloddiau llanw yn yr ardal. Trwy hynny, enillodd tua thrigain acer o gwmpas Brondanw. Wrth gwrs, yr oedd y fferm Ynys Fawr (neu Ynysfor, heddiw) yn bod y pryd hwnnw. Ond ynys ydoedd, yn cynnwys ryw dri chant a hanner o aceri. Yr oedd cloddiau llanw wedi eu codi o'i chwmpas, a pheth o'r Traeth, o dro i dro, wedi ei ennill ati.

Ond does dim amser i fanylu ar y rhain; rhaid prysuro i sôn am antur fawr William Alexander Maddocks, y gŵr a lwyddodd o'r diwedd i ennill y Traeth Mawr o afael y môr.

Hwyrach y dylwn ddweud gair byr i ddechrau am William Alexander Maddocks ei hun. Ganwyd ef ar 17 Mehefin 1773, yn fab i John Maddocks o St. Andrews, Holborn, a'r Fron Yw, Llandyrnog, Sir Ddinbych. Yn 1793 enillodd radd BA yn Rhydychen a'i MA yn 1799. Ymsefydlodd i ddechrau, yng ngogledd Cymru, yn Nôl Melynllyn, Llanelltyd, ger Dolgellau. Ond yn 1798, prynodd stad Tan yr Allt, ger Penmorfa (ar fin y Traeth Mawr) gan Richard Price o'r Rhiwlas, ger y Bala, a symudodd i fyw i'r ardal. O 1802 i 1820 bu Mr. Maddocks yn cynrychioli Boston, Lincolnshire yn y Senedd; a bu wedyn yn Aelod dros Chippenham, Wiltshire, am chwe blynedd. Ond does dim amser i fanylu ar fywyd amlochrog Mr. Maddocks, a'i weithgarwch fel gwleidydd a diwygiwr cymdeithasol; rhaid cyfyngu ein sylw i'w anturiaeth gyda'r Traeth Mawr.

Myn rhai mai darllen yr ohebiaeth a fu rhwng Syr John Wynn o Wydir a Syr Hugh Myddleton a barodd iddo feddwl am yr antur fawr o godi'r morglawdd. Ond cyn codi'r morglawdd hwn, yr oedd Mr. Maddocks eisoes wedi ychwanegu cryn lawer o dir at stad Tan-yr-Allt, trwy godi cloddiau llanw byrion hyd ymylon y Traeth. Yr oedd felly wedi ennill tua mil o aceri eisoes; ac ar y tir hwnnw yr oedd wedi sefydlu tref fechan, a'i galw yn Dremadog.

Yma yr oedd cnydau da o wenith, ceirch, haidd, a gwair wedi eu codi ar le oedd gynt yn ddim ond cors leidiog neu forfa tywodlyd. Ac yn Nhremadog yr oedd wedi sefydlu marchnadle i'r ffermwyr i werthu eu cynnyrch, ffatri i wneud brethyn a gwlanen, dwy neu dair tafarn gogyfer â'r teithwyr a'u ceffylau, ac eglwys i addoli ynddi. Fe fyddai yno ffeiriau poblogaidd hefyd ac yr oedd ffyrdd wedi eu hadeiladu i gysylltu'r dref â Chaernarfon, Beddgelert a Chapel Curig.

Yna yn 1807, penderfynodd Mr. Maddocks symud ymlaen gyda'r antur fawr o godi'r morglawdd (neu'r Cob, fel y bydd pobl y Port yn ei alw) sydd heddiw'n cysylltu Sir Gaernarfon a Sir Feirionnydd.

Yn Awst 1807 pasiwyd deddf gan Senedd George III, yn rhoddi hawl i Mr. Maddocks fynd ymlaen â'r gwaith. Yng ngeiriau'r Ddeddf:

An Act to Enable His Majesty to vest the Sands of Traeth Mawr, dividing the Counties of Caernarvon and Merioneth, in William Alexander Maddocks, Esq.'

Cychwynnwyd ar y gwaith, o dir Penrhyn Isa, ar ochr Meirionnydd ac o Ynys Tywyn, ar ochr Sir Gaernarfon, gan y tybid fod digon o greigiau ar y ddwy ochr hyn i lenwi'r bwlch. Peiriannydd a chynllunydd y gwaith oedd Thomas Payne o Fenny Compton, ac arolygydd y gwaith oedd John Williams, Tu-hwnt-i'r-bwlch, ac Ellis Owen, Cefnmeysydd yn ysgrifennydd iddo. Yr oedd amcangyfrif y gost tua thair mil ar hugain o bunnoedd, ond credir iddo gostio o leiaf gan mil o bunnoedd. A bu rhwng tri a phedwar cant o ddynion yn gweithio arno am tua phedair blynedd.

Erbyn 1810 yr oedd y rhan fwyaf o'r gwaith wedi ei orffen o'r ddau ben. Ond fel yr eid ymlaen at ganol y morglawdd gwelwyd fod llanw cryf y môr yn cipio ymaith y defnyddiau, cyn gynted ag y gosodid hwy i lawr. I arbed hyn, bu raid gwthio pileri cryfion i'r tywod ar amser trai, a phacio brwyn rhyngddynt. Yna cludwyd cerrig a llechfeini mawrion o'r ddau ben, a'u gosod arnynt cyn gynted ag y gellid. Hefyd, gwelwyd mai yn y darn canol yr oedd grym yr Afon Glaslyn gryfaf, a bu raid troi ei gwely hithau i gyfeiriad y Gorllewin. Ac yna bu raid gwneud pont a llifddorau (ger Ynys Tywyn) i reoli rhediad yr afon i'r môr.

Erbyn diwedd 1811, yr oedd y gwaith bron wedi ei gwblhau, ac ym mis Medi, hysbyswyd ym mhapurau gogledd Cymru fod dyddiau *Jiwbilee* i'w cynnal yn Nhremadog, i ddathlu cwblhau'r gwaith o adeiladu'r morglawdd.

A dyma'r hysbysiad:

TREMADOC EMBANKMENT JUBILEE
An Ox will be roasted upon the middle of the Embankment at 12 o'clock on Tuesday the 17th of September 1811.

Ac yna hysbysiadau am rasus ceffylau oedd i'w cynnal am ddeuddydd; ac eisteddfod fawreddog lle y cynigid cwpan arian i'r bardd gorau a chwpan arall i'r telynor gorau. Trefnwyd gwledd odidog hefyd yn y ddwy dafarn yn Nhremadog, ynghyd â chwaraeon, dramâu a dawnsio yn yr hwyr. Diwrnod i'w gofio, mae'n debyg, oedd dydd y *Jiwbilee* yn Nhremadog.

Bu'r ych bras yn rhostio ar y Cob am hanner diwrnod a noson, a chafodd pawb sleisen flasus o'i gig. Nos Lun, perfformiwyd drama yn neuadd y dre, a chaed gwasanaeth yn yr eglwys am ddeg fore Mawrth. Yn yr eisteddfod ddydd Mercher, enillwyd y cwpan, am 'Awdl i Amaethyddiaeth', gan Dewi Wyn o Eifion; a daeth y *Jiwbilee* i ben gyda rasus ceffylau, ddydd Iau, ar draeth Morfa Bychan.

Ond yn anffodus, nid dyna ddiwedd y stori! Y mis Chwefror dilynol (1812) torrodd tymestl erchyll ar y morglawdd, a rhwygwyd bwlch enfawr yn ei ganol. Yr oedd hyn yn siom fawr i Mr. Maddocks, gan fod ei adnoddau ariannol wedi dirwyn i ben. Ond cyn gynted ag y daeth y newydd am dorri'r morglawdd, brysiodd cannoedd o ffermwyr a thirfeddianwyr o bob cyfeiriad i helpu i gau'r bwlch. Anfonodd Syr Thomas Mostyn gant a hanner o wŷr a thros gant a hanner o geffylau. Anfonodd y Parch. Thomas Charles o'r Bala, ddau ddyn ac yr oedd Twm o'r Nant yntau yno gyda'i wagenni a'i geffylau.

Cychwynnwyd hefyd gronfa o arian at y draul, a chasglwyd rhai cannoedd o bunnoedd. Y pryd hwnnw yr oedd y bardd Saesneg Shelley wedi dod i fyw i

7

Dan-yr-Allt, ac ar restr y tanysgrifwyr y mae ei enw i lawr am £100; ond does dim cownt iddo gyfrannu dim! Beth bynnag am hynny, erbyn mis Medi 1814, yr oedd y bwlch wedi ei gau. A thrwy hynny yr oedd Maddocks wedi ennill tua phymtheg can acer o dir ychwanegol yn gwneud cyfanswm y tir oedd wedi ei adennill yn dros dair mil o aceri.

Yn ôl arfer beirdd Cymru, clodforwyd llawer ar Mr. Maddocks am ei orchest ond does dim amser i ddyfynnu dim ond englyn neu ddau.

Yn ei awdl ar 'Jiwbilee'r Morglawdd', meddai Dafydd Ddu Eryri:

> Caewyd, e gaerwyd goror,—carcharwyd
>   Cyrch orwyllt y dyfnfor;
>   Rhyw hygof waith yn rhagor
>   Gweld maes, lle'r oedd gwaelod môr.

Ac meddai Sion Wyn o Eifion, y bardd crupl o Chwilog:

> Draw ar led drwy y gwledydd,—mewn mynwent,
>   Mewn maenor a gelltydd,
>   Drwy Eifion a Meirionnydd,
>   Gwiw sôn am Dre Madog sydd.

WILLIAM ROWLAND
(Atgynhyrchwyd drwy ganiatâd y BBC.)

8

Cyfieithu i'r Gymraeg
(J. T. Jones yn datgan barn)

Llun: Madoc Studio

Ambell dro fe glywir protestio yn erbyn pob cyfieithu llenyddol o'r Saesneg i'r Gymraeg; ac y mae hynny'n eithaf naturiol pan gofier mor ddwys, yn wyneb argyfwng presennol yr iaith, yw'r angen am gyfansoddi gwreiddiol ynddi. Mae pob Cymro deallus, meddir, yn abl i ddarllen a mwynhau llenyddiaeth Saesneg yn yr iaith wreiddiol, ac felly nid oes angen trosi dim ohoni i'r Gymraeg. Eto i gyd, heb sôn am y ffaith nad yw gwybodaeth y rhan fwyaf ohonom o'r Saesneg agos mor drwyadl ag y tybiwn, y mae'r brotest hon, o safbwynt celfyddyd greadigol, yn dra di-bwynt. Y mae cyfieithu llenyddiaeth yn gelfyddyd greadigol, gyda'i safonau a'i delfrydau arbennig ei hun. Hynny yw, y mae pob trosiad llwyddiannus o gân neu nofel neu ddrama yn greadigaeth newydd, ac felly'n ychwanegiad at gynhysgaeth artistig a stôr lenyddol yr iaith y'i troswyd iddi. Gwir nad pawb sy'n hoffi'r math yma o lenyddiaeth; ond pwynt amherthnasol yw hwnnw. Elfen bwysig ymhob gwerthfawrogiad llenyddol, yw'r llawenydd o ganfod iaith (unrhyw iaith) yn dangos ei dawn a'i haddasrwydd fel cyfrwng i fynegi meddyliau a phrofiadau o bob math, yn enwedig y rheini sy'n hofran ar gyrrau'r anrhaethadwy. Dyna ystyriaeth, onid yr ystyriaeth bennaf, o safbwynt ein cenedl ni, sy'n cyfiawnhau pob ymgais onest i drosi campweithiau llenyddol y byd i'r Gymraeg.

O'r rhagymadrodd i'w gyfieithiad o'r ddrama *Hamlet*
—Cymdeithas Llyfrau Ceredigion, 1960

Cyngor Polonius i Laertes, ei fab

Laertes! Yma byth! Rhag c'wilydd, dos!
Mae'r gwynt yn segur yng ngheseiliau'r bad
A thithau'n oedi. Dos: a'm bendith arnat.
A bydded hyn o gyngor yn dy gof
Yn argraffedig. Paid â chlebran gormod,
A phaid â throi pob syniad gwyllt yn act.
Bydd gymdeithasgar, ond nid difalch — cofia.
Dy ffrindiau gwir brofedig — clyma'r rhain
Â rhaffau dur wrth d'enaid: ond paid byth
Â'th iselhau dy hun trwy fynnu cyfarch
Pob cyfaill newydd-ddeor a di-blu.
Gochel gwerylon; ond, os cyfyd ffrae,
Boed achos praff i'r gelyn d'ochel di.
Rho glust i bawb, ond nid i bawb dy lais.
Bid hoffach gennyt *dderbyn* barn na'i rhoddi.
Ymwisg cyn ddruted ag a weddai i'th bwrs;
Yn chwaethus, nid mursennaidd; hardd nid coegwych.
Mae'r wisg, fel rheol yn datguddio'r dyn:
Ac yn y mater hwn mae gwyrda Ffrainc
Yn sicr eu chwaeth, er maint eu gwario chwyrn.
Na chymer fenthyg; na ro fenthyg chwaith;
Oblegid hawdd cyd-golli'r ffrind a'r benthyg.
Ac nid oes fawr ddarbodaeth lle bo dlêd.
Yn bennaf oll, bydd driw i ti dy hun,—
A dilyn wna, fel dydd yn dilyn nos,
Na elli fod yn ffals i undyn byw.
Ffar-wel,—a'm bendith gyda'r cyngor.

Trosiad J. T. JONES

Hamlet Act 1: Golygfa 3 — eto Cymdeithas Lyfrau Ceredigion, 1960

Syportars

Ni chaf unrhyw anhawster i dderbyn ambell air Saesneg i seiat y Gymraeg yn ddi-lol, a hynny am fy mod yn ei hoffi. Er enghraifft, mae dyn, o hen arfer, wedi cymryd at y gair nyrs yn hytrach na gweinyddes. A dyna gwerth-chweil, a stesion wedyn, sydd mor fodlon ar eu lle â phetaent wedi eu geni yng Nghymru. Mae y rhain yn dderbyniol bob amser. Ac eto, nid wyf yn barod i dderbyn y gair *supporters* yn hollol fel ag y mae, ond derbyniaf syportars yn rhwydd. Perthyn i ddosbarth arbennig o bobl y mae'r syportars, dosbarth pob math o chwaraeon a bandiau pres. Hen fois ardderchog, mae stamp yr hogia ar y gair syportars, ac yn ei berthynas â rhain, mae 'na ystyr i'r gair. Ac felly rwy'n barod i gyfaddawdu a'i dderbyn yn y cyswllt hwn, ond iddo swnio fel Cymro. Syportars yw'r gair! Mae gan y cefnogwyr eraill eu lle ar y pwyllgorau a'r sefydliadau o bob lliw a llun, a dyna eu lle nhw. Diolch am eu gwasanaeth gwerthfawr.

Er fy nghywilydd, y mae'n rhaid i mi gyfaddef nad wyf yn dilyn chwaraeon mor rheolaidd ag y bûm, arwydd o henaint, mae'n debyg, ond go brin bod neb o blith y chwaraewyr yn ymwybodol o'm habsenoldeb o gwmpas y cae, gan nad oeddwn i fawr o syportar mor bell ag yr oedd gweiddi *Play Up* yn y cwestiwn, ac yn ddigon cynnil y curwn i fy nwylo pan fyddai un o hogia'r dref wedi sgorio gôl, a phrin fod y sgoriwr yn fy nghlywed yr adeg honno gyda menig am fy nwylo. Ar wahân i dalu am fynd i mewn, er bod hynny'n bwysig hefyd, tawel iawn oedd fy nghyfraniad lleisiol ar y maes, rwy'n ofni. Ond cefais werth fy mhres bob tro yr awn yno. Prin bod gwell hwyl i'w gael yn unman na gwylio syportars go-iawn yn dilyn rhediad y gêm mewn gair a gweithred. Cyfeirid y geiriau, o bob math, at y rheolwr, gan ei orchymyn ynglŷn â sut i reoli'r chwarae yn ôl gwybodaeth unochrog y syportar, ond yr oedd y rheolwr ymhell o gyrraedd pob rhwyg a rheg yn ffodus iddo.

Digwyddai dro arall i chwaraewr roi pwniad annheg i un o'r hogia lleol, a'r adeg honno, yn ddiarwybod, gwelid y syportar brwdfrydig yn plannu ei benglin yng nghefn yr agosaf ato. Onid oedd y dyn yn gymaint rhan o'r gêm ag unrhyw un o'r chwaraewyr? Cyfrinach y gwir syportar yw medru ymgolli'n llwyr yn y chwarae, ond nid yw hynny yn golygu colli pen, wrth gwrs.

Teip arall o syportars yw'r hogia sydd yn dilyn y band. Criw yr un mor ffyddlon â bois y bêl. Yn wir, synnwn i ddim nad yr un rhai oeddynt. Mae'r band a'r bêl yn dibynnu ar wynt, ond ni all y band fyw ar y gwynt, rhaid talu am gadw'r offerynnau mewn trefn, ac i'r diben hwnnw y deuai'r syportars o gwmpas gyda'r blychau casglu pan fyddai'r band yn gorymdeithio trwy'r ardal.

Un cymeriad hynod o blith syportars y band oedd Arthur. Deuai i'r ymarferiadau i Gwt-y-Band ddwywaith bob wythnos, er nad oedd ganddo unrhyw grap ar ddarllen miwsig, na darllen dim arall, o ran hynny. Cael eistedd yn y practis wrth ochr y drymiwr oedd ei wynfyd. Pe gofynnid iddo pa ddarn o fiwsig a hoffai, roedd ganddo ddewis o ddau bob tro. Y cyntaf oedd 'Seedcake i de yn tŷ Morgan,' neu eiriau tebyg. Wedi dysgu'r gân yn yr ysgol roedd o, medda fo, ac erbyn deall gan gyfaill a oedd yn yr un dosbarth ag Arthur, *Seated one day at the organ* oedd y dewis cyntaf. Yr oedd yr ail ddewisiad yn annisgwyl braidd, gan Arthur o bawb, ni wn pam chwaith, ond y *Dead March in Saul* oedd hwnnw. Go brin bod yr hen syportar, ar y pryd, yn meddwl am hel ei bac ac yntau'n cael hwyl ysgubol ar hel rags a hen haearn, ond gwyddwn ei fod yn gyfarwydd â chlywed y band yn canu'r *Dead March* yn angladdau cyn-filwyr ar ôl y Rhyfel Mawr.

Fe aeth blynyddoedd lawer i domen amser er dyddiau'r band hwnnw, a gobeithio bod yr hen syportar ffyddlon wedi cael rhyw geiniog fach am weddillion tolciog y cyrn rheiny. Os felly y bu, cawsant gynhebrwng teilwng ganddo, reit siŵr.

Fodd bynnag, trwy gyfrwng y teledu, cafodd Arthur gyfle i weld angladd Syr Winston S. Churchill, ac yr oedd wedi ei blesio'n ddirfawr, nid am fod yr hen wron wedi marw, ond am ei fod wedi cael gweld a chlywed band y *Guards* yn canu ei hoff farts o, y *Dead March in Saul*. Cododd hiraeth arno am ddyddiau'r hen fand, medda fo, ond ni fu yntau'n hir cyn dilyn y diweddar Brif Weinidog i ffordd yr holl ddaear. Euthum i'r eglwys i dalu'r gymwynas olaf iddo, ac ar derfyn y gwasanaeth yno, cafodd ei weddillion gychwyn tuag adref i gyfeiliant yr un miwsig â Winston Churchill. Ysgwn i a oedd Arthur wedi cael cyfle i wneud cais am ei hoff farts cyn diflannu? Synnwn i ddim.

Ond wrth glywed nodau lleddf yr organ yn llenwi'r Llan, cynhesodd fy nghalon am unwaith yn oerni angladd. Gwyddwn, cyn y diwrnod hwnnw, fod iaith miwsig yn fyd eang, ond yn angladd yr hen syportar hynod hwn y canfûm nad yw miwsig yn dosbarthu rhwng llwch y llawr chwaith.

(O *Llwyaid o Siwgr* — Gwasg Tŷ ar y Graig, 1968)

HEN ADFAIL

Dychwelyd i'r Henfro

Edrych, wedi hir grwydro—ar Fwthyn
　　Lle bu'r fath gymuno
Yn brudd, ac yn sgerbwd bro
A heb enaid byw yno.

Y Fodrwy

Dyma uniad cariadon—a dolen
　　A'i deil hwy yn ffyddlon;
Â chywir serch erys hon
Yn gwlwm am ddwy galon.

Sodlau

Rhoi hwb uwch i ŵr bychan—i esgyn
　　At ysgwydd ei fodan,
Byr ei goes, ond bu'r gusan
Tro hwn yn deg ar geg Ann.

IEUAN R. DAVIES

13

Ann Griffiths a Llên-ladrad

I

Beirniad
llenyddol: Ann, mae eich emynau yn llawn o lên-ladrad wyddoch chi, ac mae'n gyhuddiad difrifol iawn yn eich erbyn chi o bawb, y 'Santes Ann' yn ôl rhai.

Ann: Llên-ladrad? Beth yw hwnnw?

B.ll.: O — awdur yn lladrata geiriau a brawddegau o waith awdur arall a'u hawlio fel ei waith ei hun.

Ann: Wn i ddim am beth felly. Chlywais i erioed y gair 'llên-ladrad' yn fy myw.

B.ll.: Beth am eich emyn poblogaidd, 'Wele'n sefyll rhwng y myrtwydd'?

Ann: Beth amdano?

B.ll.: Mae'n llawn o eiriau a brawddegau pobl eraill.

Ann: Pwy?

B.ll.: Wel, mae'r llinell gyntaf un yn eiriau'r proffwyd Sechareia yn yr Hen Destament. A bod yn fanwl, mae i'w gweld yn y bennod gyntaf a'r wythfed adnod o'i lyfr yn y Beibl. Dyma'r adnod: 'Gwelais noswaith, ac wele ŵr yn marchogaeth ar farch coch, ac yr oedd efe *yn sefyll rhwng y myrtwydd.*' Allwch chi ddim gwadu hynny, allwch chi?

Ann: 'Llên-ladrad' yw'r enw ar hynny ie? Dyfynnu o'r Beibl oeddwn i, dim mwy a dim llai na hynny. Ydy adrodd yr Ysgrythur yn bechod?

B.ll.: Ddim yn bechod moesol efallai ond mae'n bechod llenyddol.

Ann: O! fuaswn i'n gwybod dim am beth felly. Nid cyfrol lenyddol ydy'r Beibl i mi i'w ddarllen fel llenyddiaeth ond Gair Duw, ac mae hwnnw'n rhywbeth llawer, llawer mwy na llenyddiaeth.

B.ll.: Fe gymersoch chi'r geiriau allan o'm genau. Fe wêl rhai y Beibl fel cyfrol i'w ddarllen fel llenyddiaeth — llenyddiaeth fawr wrth gwrs, i'w chymharu â llenyddiaeth orau'r byd. Ac mae hynny'n wir bob gair.

14

Ann: Fel y dywedais o'r blaen — fuaswn i'n gwybod dim am hynny. Nid harddwch a disgleirdeb y Gair sy'n bwysig i mi ond ei wirionedd fel Gair Duw. Ac o sôn am 'y myrtwydd', fe soniodd y proffwyd Eseia yntau amdanynt. Cofio? — '. . . yn lle drain y cyfyd ffynidwydd, yn lle mieri y cyfyd *myrtwydd.'* Roedd y proffwydi yn rhag-weld, pan ddeuai fy Ngwaredwr annwyl yng nghyflawnder yr amser, y byddai yn newid yr holl fyd, nid newid dynion yn unig. Byddai pob anialwch yn troi'n ardd a phob hyll yn hardd.

B.ll.: Diwinyddiaeth ydy hynny i mi. Wn i fawr am ddiwinyddiaeth.

Ann: John Hughes, Pontrobert ddysgodd yr unig ddiwinyddiaeth y gwn i amdani ond mae nabod y Gwaredwr yn bwysicach na phob diwinydd-iaeth. Un sydd yn 'wrthrych teilwng o'm holl fryd.'

B.ll.: Ewch ymlaen.

Ann: 'Er mai o ran yr wy'n adnabod/Ei fod uwchlaw gwrthrychau'r byd.'

B.ll.: Dyna fo eto — llên-ladrad eto.

Ann: Pa lên-ladrad?

B.ll.: Yr 'o ran' 'na. Lladrata geiriau'r Apostol Paul y tro hwn. '*O ran* y gwyddom ac *o ran* yr ydym yn proffwydo,' meddai yn ei bennod fawr ar Gariad — y Llythyr at y Corinthiaid, y drydedd bennod ar ddeg a'r nawfed adnod!

Ann: Wel, wel — mae'n rhaid fod geiriau'r Apostol Paul yn eiriau naturiol i minnau erbyn hyn. Llên-ladrad wir! Unwaith eto, gaf fi ddweud mai dyfynnu o'r Gair yr oeddwn, fel pe bawn yn dyfynnu geiriau fy mam neu fy nhad neu gyfaill agos. Mae mor naturiol â hynny!

B.ll.: Llên-ladrad fuaswn i'n ei alw. Ewch ymlaen â'ch emyn.

Ann: 'Henffych fore,/Y caf ei weled fel y mae.'

B.ll.: Dwedwch o ble y cawsoch chi'r geiriau hyn eto.

Ann: Epistol Cyntaf Ioan, wrth gwrs, y drydedd bennod a'r ail adnod: '. . . eithr ni a wyddom, pan ymddangoso efe, y byddwn gyffelyb iddo: oblegid ni a gawn *ei weled ef megis ag y mae.'* Daeth y geiriau i mi mor naturiol â chodi dŵr o ffynnon. Nid lladrata dŵr felly, na thalu amdano o ran hynny, y mae dyn, ond ei godi oddi yno a'i gael yn rhad ac am ddim.

B.ll.: Mae eich syniad chi o ladrata a'm syniad innau yn amlwg yn wahanol iawn — ym myd llenyddiaeth beth bynnag.

II

B.ll.: Mae ail bennill eich emyn yn llawn o lên-ladrad eto. Adroddwch ef, inni gael ei glywed.

Ann:
> Rhosyn Saron yw ei enw,
>> Gwyn a gwridog, teg o bryd;
> Ar ddeng mil y mae'n rhagori
> O wrthrychau penna'r byd . . .

B.ll.: Chawsoch chi mo'r 'Rhosyn Saron' 'na allan o'ch pen a'ch dychymyg chi eich hunan, gawsoch chi?

Ann: Na, na — 'Cân y Caniadau' roddodd yr enw hardd hwnnw i mi, a'r fugeiles hardd honno'n dweud wrth ei chariad — tipyn o dynnu coes hwyrach — '*Rhosyn Saron a lili y dyffrynnoedd ydwyf fi*' — yr adnod gyntaf yn yr ail bennod. Cofiaf i Williams ddefnyddio'r un ymadrodd o fy mlaen:
> Y mae gwedd dy wyneb grasol
>> Yn rhagori llawer iawn
> Ar bob peth a welodd llygad
> Ar hyd wyneb daear lawr:
>> *Rhosyn Saron*
> Ti yw tegwch nef y nef.

A oedd yntau'n euog o lên-ladrad?

B.ll.: Mae mor euog â chwithau!

Ann: Yng Nghaniad Solomon y gwelais y geiriau 'Fy, anwylyd sydd *wyn a gwridog*' — y bumed bennod a'r ddegfed adnod. Ynddi hefyd mae'r geiriau '. . . *yn rhagori ar ddeng mil*'. Dyfynnu o'r Gair yr oeddwn yma eto, nid lladrata'n fwriadol ohono.

B.ll.: Bwriadol neu anfwriadol, llên-ladrad pur yw'r cyfan i mi ac fe ddylech chwithau gydnabod hynny yn onest a grasol.

III

B.ll.: Cystal i chi adrodd y trydydd pennill yn awr i ni gael enghreifftiau eraill o'r llên-ladrad 'ma.

Ann:
> Beth sydd imi mwy a wnelwyf
>> Ag eilunod gwael y llawr?
> Tystio'r wyf . . .

B.ll.: Does dim rhaid mynd ymhellach. Fe wn i o ble y cawsoch chi'r geiriau hyn hefyd — geiriau'r proffwyd Hosea ydynt, o bennod olaf yr hanes yn yr Hen Destament — 'Effraim a ddywed, *Beth sydd i mi mwyach a wnelwyf ag eilunod?*' Mae'r peth mor amlwg ac mor olau â'r dydd. Fyddech chi'n gwadu hynny?

Ann: Dim o gwbl. Roeddwn innau eisiau sôn am yr eilunod sy'n ein temtio ni i gyd ar brydiau. Ac fe gofiais am eiriau Hosea. Pa ddrwg sydd yn hynny? Cofio geiriau yw hyn i mi, nid lladrata dim.

16

B.ll.: Os llên-ladrad yw llinell gyntaf eich emyn, dyna yw y geiriau olaf sydd ynddo'n ogystal wrth i chi sôn am 'Aros yn ei gariad . . .'

Ann: 'O am aros/Yn ei gariad ddyddiau f'oes' ie?

B.ll.: Ie, yn hollol — o'r nawfed adnod yn y bymthegfed bennod o Efengyl Ioan: 'Fel y carodd y Tad fi, felly y cerais innau chwithau. *Arhoswch yn fy nghariad i.*' Mae'r lladrad mor olau eto â'r dydd.

Ann: Cofio geiriau fy Ngwaredwr annwyl oedd hyn i mi eto a'i erfyniad taer i bob disgybl aros yn Ei gariad. Gwyddom pa mor anodd yw hyn: rhoddais y profiad mewn emyn arall wrth sôn am gael fy nenu'n barhaus gan deganau gwael y llawr:

> Rhyfeddu'r wyf â mawr ryfeddod
> Pan ddêl i ben y ddedwydd awr
> Caf weld fy meddwl sy yma'n gwibio
> Ar ôl teganau gwael y llawr,
> Wedi ei dragwyddol *setlo*
> Ar wrthrych mawr ei Berson Ef,
> A diysgog gydymffurfio
> Â phur a sanctaidd ddeddfau'r nef.

'Setlo' oedd y gair a ddefnyddiais y pryd hwnnw, nid 'aros'. Cofiaf ysgrifennu at John Hughes mewn llythyr i sôn am wewyr y dyddiau hynny:

> Ond dyma fy ngofid — methu aros — parhaus ymadael.
> Yr wyf yn gweled fy ngholled yn fawr oblegid hyn . . .
> Help i aros! Y mae y gair hwn yn aml ar fy meddwl—
> 'Myfyria ar y peth hyn, ac yn y pethau hyn aros'.*

Nid oedd dim a allwn ei wneud wedyn ond gweddïo am i mi gael 'aros yn Ei gariad ddyddiau f'oes'. Dyna'r unig eglurhad sydd gennyf ar yr holl gyhuddiadau a godwch yn fy erbyn. Y Gair . . . y Gair . . . y Gair sy'n bwysig, nid fy ngeiriau i.

B.ll.: Mae'n amlwg nad ydym yn byw yn yr un byd, yn llenyddol beth bynnag, heb sôn am fyw yn yr un byd yn ysbrydol. Ni wn a oes pwrpas mewn dadlau ag un fel chi . . .

*William Morris (gol.)
Cofio Ann Griffiths (1955), td.88.

17

Dau atgo' o gyfnod plentyndod

1. MORRIS ROGERS

'Hei John,' meddai llais o'r tu ôl imi yn ddiweddar, 'maddeua imi am ddweud — ond mae gen ti datws newydd yn dy hosan.' 'Duwch,' meddwn inna'n anghrediniol braidd gan edrych i weld drostaf fy hun. Oedd wir! Roedd gen i *homar* o dysan. Ond, erbyn meddwl, doedd hynny'n rhyfedd yn y byd chwaith — gwisgo sana' gwlân ro'n i, yr unig bâr o sana' gwlân yn fy meddiant. Sana' o frethyn synthetig sy'n mynd â hi gan bron bawb ers blynyddoedd, ac anaml iawn y gwelwch chi datws newydd mewn sana' y dyddiau hyn.

Ond hwyrach 'mod i'n achosi penbleth i lawer oblegid nid sôn am y llysiau rheini sy'n cyfoethogi ffermwyr yr hen Sir Benfro rydw i cofier — yr Aran Peilot, Home Guard, Sharpes Express ac ati. Tatws newydd mewn sana' — i ni yn Llŷn ac Eifionydd o leia' — oedd y tyllau a ddeuai i'r fei wrth i gefn eich 'sgidia grafu'r sana'! Mi synn'is i ddeall fod yr ymadrodd erbyn hyn yn un hollol ddiarth i'r to ifanc sydd ohoni. Prawf, debyg, fod gweld twll — a hyd yn oed frodiad — mewn hosan yn beth llawn mor ddiarth iddyn' nhw â gweld pedol ar esgid. Ia . . . pedol esgid. A dyna Morris Rogers, y gwneuthurwr canhwylla', yn cael ei ddwyn ar gof imi.

Roedd gweithdy Morris Rogers gyferbyn union â drws cefn fy nghartre i ym Mhorthmadog. Rydw i'n 'i gofio fo er pan o'n i'n ddim o beth. Cofio drewdod y cŵyr a fyddai'n llethol ar adega', yn y cefnau acw. Cŵyr o Rwsia yn ôl a glyw'is i. Mi fyddai pobol yn 'i brynu o fesul talpia. Stwff da i'w gymysgu efo calch i galchu muriau tai meddan nhw ac i atal y glaw rhag treiddio trwodd. Ond y canhwyllau, wrth gwrs, fyddai'n cynnal Morris Rogers a chwareli Corris ac Arennig fyddai ei gwsmeriaid gorau.

Fe fyddai wrthi'n ddiwyd iawn bob amser. Ond doedd 'na fawr o groeso i bobol fynd i'w weithdy i'w weld o'n gweithio chwaith. Un neu ddau yn unig — yr etholedig rai — a gâi'r fraint honno. Chaem ni blant ddim mynd yn agos i'r lle. Mi fyddai'n cynddeiriogi ac yn ein hysio ni oddi yno os gwelai un ohonom yn nesu at y drws.

Sut bynnag, fe *gaem* ni groeso mawr yng ngweithdy Joni Roberts y crydd. Mi dreuliais i oriau lawer yn ei wylio fo wrth ei waith. Llond ei geg o hoelion ac yntau'n eu morthwylio nhw'n ddeheuig fesul un i'r gwadnau — mor gyson a chywir â chobler y coed yn dyrnu ei big i foncyff coeden. Rargol, fe fyddai gen i ofn iddo fo gael pwl o igian a llyncu hanner yr hoelion . . . ond mae'n hen bryd imi ddychwelyd at bedol esgid.

Roedd gennym ni, blant yr ardal acw, ddefod arbennig pan ddeuem ni o hyd i bedol esgid ar lawr. Byddem yn poeri ar y bedol cyn i un ohonom ni wedyn ei thaflu â'i holl egni dros ei ysgwydd a phawb yn gwthio blaen bysedd i'w glustiau. Os clywem y bedol yn disgyn roedd anlwc yn ein haros ni. Ond oni chlywem hi mi fyddem yn siŵr o fod yn lwcus.

Yn groes i hynny y digwyddodd pethau i Eifion, fy ffrind, a minna' un tro. Daethom o hyd i bedol ar lawr y cefnau acw. Gweithredu'r ddefod — poeri arni, ei lluchio dros ysgwydd, gwthio'r bysedd i'n clustiau a'u dal yno am ennyd i ddisgwyl ein tynged . . . Hwrê! Dim sŵn pedol! Ond pharhaodd ein gorfoledd ddim yn hir chwaith. Daeth bloedd o'r tu ôl inni — 'Y diawliaid bach!' Troi, a gweld Morris Rogers yn rhythu arnom ni â'i law ar 'i ben. 'Rhoswch i mi gael gafa'l ynoch chi'r cnafon drwg.' Be' wnaem ni ond ei heglu hi oddi yno nerth ein traed?

Ond, chwarae teg i Morris Rogers, wnaeth o ddim achwyn amdana i wrth fy rhieni chwaith. Hwyrach 'i fod o wedi etifeddu gronyn bach o gynneddf Siôn Wyn o Eifion. Wedi'r cwbwl, roedd Morris Rogers o'r un llinach â'r bardd gorweddiog, addfwyn a hoff o blant hwnnw o Chwilog. Ond mi fûm i'n hir iawn cyn mentro allan drwy ddrws cefn y tŷ 'cw wedyn hefyd!

2. Y 'B SQUIRE'

Enw ar biano ydi 'B Squire'. Mae o wedi ei brintio mewn llythrennau aur dan ei chaead. Piano hardd ydi hi hefyd. Ei chorff o fahogani wedi ei d'w'llu'n gochddu a'i sgleinio'n dlws. Gresyn iddi fod yn sefyll yn fud yn fy 'stafell fyw i ers blynyddoedd lawer. Nid 'mod i isio cael gwared ohoni cofiwch. Mae hi'n talu am ei lle hyd yn oed fel dodrefnyn hardd yn unig. Na — chymerwn i mo'r byd yn grwn amdani . . .

Mae 'na hen farc bach ar waelod un o'i choesau. Dydi o ddim yn amlwg iawn; ond *mae* o yno. Ôl clem blaen troed ydi o: wedi torri i'r byw drwy'r trwch sglein. Bob tro y gwela' i o mi fydda' i'n cael fy llethu gan 'euogrwydd fel mynyddoedd byd . . .' Ysywaeth, fydd yr euogrwydd byth yn troi'n ganu chwaith! Ond bydd yn gwneud imi ail-fyw yr unig chwip din ges i 'rioed. Chwip din fythgofiadwy oedd hi hefyd. Ac mi ro'n i'n 'i haeddu hi.

Rydach chi'n iawn wrth gwrs — y drafferth oesol o gael plentyn i ymarfer canu'r piano oedd asgwrn y gynnen. Do, fe fûm inna drwy'r un hen drin. Poendod y gwersi a diflastod affwysol yr ymarfer wedyn. A chofiwch chi, fuo neb erioed â llai o glem am fiwsig na fi. Ond, yn wir, mi 'ddyl'is i'n siŵr y cawn osgoi'r holl gybôl ar ôl un tymor o wersi.

Ar y piano ro'n i'n selio 'ngobaith. Roedd hi'n hen a llawer iawn o draul wedi mynd arni. Y pwyso arna i i ymarfer hefyd: roedd hwnnw — diolch i'r drefn — yn lleihau o wythnos i wythnos. Mae'n siŵr gen i fod yr ymarfer, erbyn y pentymor, mor ddiflas i 'nhad a 'mam ag yr oedd o imi! Sut bynnag, a dyna eirioni'r sefyllfa, y piano druan oedd yn cael y bai i gyd ganddyn nhw! 'Yli,' meddai Mam un diwrnod, 'Rhaid inni gael y tiwniwr at hon. 'Nei di ddim byd ohoni heb iddi gael ei thiwnio.'

Fe ddaeth y tiwniwr. Ac yr oedd yr hyn glyw'is i wedi iddo orffen yn fêl ar fy mysedd i. Wyddai Mam ddim 'mod i'n gwrando chwaith. 'Mae gen' i ofn fod hon wedi gweld 'i dyddiau gwell,' medda' fo, 'mae'n amhosib 'i thiwnio hi'n iawn.' 'Amen,' meddwn inna' dan fy ngwynt. 'Roedd yr esgus yn barod gen i erbyn y cerydd nesa' am beidio ymarfer — 'O, dydi'r hen biano 'ma ddim gwerth. Mae hi allan o diwn.' Y ffaith oedd na wyddwn i oedd hi allan o diwn ai peidio! Ond mi wyddwn i un peth — dechrau'r tridega' oedd hi a chyfnod tlawd. Go brin y medrai fy rhieni fforddio prynu piano arall yn ei lle!

Na thybiwch 'mod i'n crwydro rŵan wrth imi fynd i sôn am y bêl-droed. Dyma, waeth cyfadde ddim, oedd yn mynd â'n bryd ni'r hogia' bryd hynny. Ond Maes y Traeth oedd ein Mecca ni, nid Anfield. Fe fyddem ni'n mynd i'r Traeth bob cyfle gaem ni i gefnogi Port yn chwarae. Ond Bangor City oedd y tîm a Len Davies — cyn chwaraewr Caerdydd a Chymru — yn ei reoli. Sut bynnag, digwyddodd y wyrth! Daeth Port yn gyfartal â Bangor — dim sgôr — mewn gêm gwpan ym Mangor. 'Rargol! Port wedi droio efo Bangor City o bob tîm! A hynny yn Farrar Road! Cawsom fynd o'r ysgol gynradd yn gynnar i weld yr ail gêm ar y Traeth y pnawn Mercher dilynol. Pawb yn meddwl mai'r Port âi a hi. Os oedd Bangor wedi methu eu curo ar eu toman eu hunain, wel . . . er mai colli wnaeth y Port hefyd, o *chwe* gôl i ddim! Ac roeddwn yn ddigalon iawn yn 'i gwneud hi am adre ar ôl y gêm. Ond, i wneud petha'n waeth, be' oedd yn fy nisgwyl i wedi imi gyrraedd ond piano newydd sbon . . . Ia — rydach chi'n iawn — y 'B Squire'. Roeddent wedi gorfod tynnu'r ffenest a'r cwbl i'w chael hi i mewn i'r 'stafell!

Mi es i yn gandryll ulw. A dyna ergydio'r glem blaen troed yn fy ngwylltineb! . . . Rhag 'y ngh'wilydd i! Y cena bach drwg! Anniolchgar hefyd! Doedd coblyn o chwip din ddim hanner digon o gosb imi. Ond dyna ges i. Ac anghofia' i byth mo'ni chwaith!

(Darlledwyd yn wreiddiol ar y Rhaglen *Rhwng Gŵyl a Gwaith*, Radio Cymru)

Ar garreg fedd John Elwyn

Un ennyd bu'n anianol—yn echwyn
I achos daearol.
Nid i rwysg y gwnaed ei rôl
Bu ei rawd yn ysbrydol.

Ieuan Parri

Y Bad Achub

Heno mae'n flin ddrycinwynt,
A thwrw gwae yn rhuthr y gwynt:
A gofid yn dygyfor
Hyd erwau maith dyfnder môr.
Trymion daranau tramawr
Ynghanol dellt y mellt mawr.
Lleuera'r lloer ar y lli:
Mae hirnych y storm arni.
Awr o firi i fawrwynt;
Awr gwae athrugar y gwynt.
Gwae'r eiddil long a gerdd li;
A wél fawrlif ei oerli . . .

Yna clec y marŵn claer!
Erglyw y larwm oerglaer!
Gwŷs annynol ei dolef:
Angau lli yn ing ei llef—
Galwad ar gloch y gwyliwr
O'i eryl tal ar ael tŵr:
A'r teios fel pe'n tywallt
Tadau a'u hogiau i allt
A stryd a chynhyrfus draeth!
Ar alwad ei chri helaeth!

Fflach lachar! Roced arall!
Mewn eiliad y bad heb wall
I'w hynt o'i sied ar bentir
A ddaw â sglent ddisigl, hir:
Bad dewr, megis stribed haul
Ar ŵyr, neu gwlltwr araul
Yn arddio cŵys drwy fawrddwr,
A fflachio, dawnsio'n y dŵr.

21

I wyll traidd golau allan;
Golau têr y ffaglau tân.
Ar gyrrau eitha'r gorwel
O'i gwch y llywydd a'i gwêl
Â'i lygaid craff — ysgraff yw!
A'i rhawd, diangor ydyw.
Llesg yw ei rhwyfau'n y lli;
A'i hwyl ar chwâl mewn heli.
Ysig gwch yn chwim lescáu;
A dau enaid ar donnau!

Yn eu harswyd daw hirswn
O du'r graig — modur a grŵn
Sgriwiau dur; gwasgar y don
A wnânt—rhwygant yr eigion!
Gwelant drwy'r certh ryferthwy
Y bad dewr a'u herbyd hwy
A'u tywys i'r cei tawel,
O gynddaredd ceufedd cêl
A garw loes anhygar li,
A threialon uthr heli:
Y bad achub, a'i duchan
Yn awr eu gwae yn bêr gân.

Moler Iôn am ddaioni
A nawdd ein hachubfad ni:
Am orau doniau ein dydd,
A'i gu ddawn i'r gwyddonydd
Diwyrni fu'n saernio
Chwim gwch â'i ddychymyg o.
A rhown glod i ddewrion glew
Yn adwyth y storm ddudew.
Duw fo'n blaid yn y dwfn blin:
Duw Iôr a gadwo'i werin!

(Trwy ganiatâd Llys Eisteddfod Môn)

Rhys Robaits

Noson yng ngwanwyn pumdeg pump oedd hi a minnau, yng nghwmni un a ddaeth yn wraig i mi'n ddiweddarach, wedi mynd am joi-reid yn yr Ostyn Sefn 1934, dwy sedd, penagored — yr ANA109 hwnnw. O'm safbwynt i bu'n noswaith obeithiol. Ond fel roeddan ni'n teithio yn ôl i wareiddiad fe gafodd y car bach ryw gaethiwed gwynt, dechreuodd disian a thagu ac erbyn cyrraedd pen y daith iddi hi, roedd ei fyctod wedi troi'n stêm a'i danc eiriasboeth yn gwbl sych o ddŵr. Erfyniais arni hi i nôl siwrnai o ddŵr i mi, heb yngan gair wrth neb am fodolaeth na char na charwr.

Dyna, yn anffodus, i mi, ein cyfarfyddiad cyntaf. Cerddai'n ysgafndroed, serch ei bwysau, yn fochgoch, siriol i gyfeiriad y car ac yn arwain o'i ôl, ei wraig — a hi, druan, a gariai'r siwrnai ddŵr — ei fab, ei ferch bryderus a phwt o gi.

'Sut hwyl sy'?'

A dydi hi ddim yn hawdd ysgwyd llaw â dwylo dyn yn oel i gyd.

''Da chi'n Fedyddiwr? Ma' capal Tyddynshon yn fancw ylwch. 'Tasa gynnoch chi funud . . .'

Na, doedd y car na'i syched o fawr ddiddordeb iddo a doedd ganddo fawr o amcan i ble i dywallt y dŵr.

Ar blyciau, pan na fyddai'r pwnc o dan sylw neu'r gorchwyl mewn llaw o ddiddordeb iddo, gallai swnio'n ffwndrus o annelwig, yn naïf i'r eitha' ond pan fyddai ganddo brogram o'i eiddo'i hun ar y gweill byddai ddau gam ar y blaen i bawb arall. Tynnodd y tŷ am ei ben, fwy nag unwaith, yn y modd yma.

'Gweld hi'n braf a ryw feddwl basa ni'n mynd am dro.'

'I ble, felly?'

'Dwn i ddim. Ochra' Abarystwyth 'na'n braf iawn.'

'Pryd ddaru chi feddwl am hyn?'

'Wel . . . m . . .' (un gwan drybeilig oedd o am ddeud celwydd gwyn).

Y tŷ yn dechrau dadfeilio.

'Pryd 'da chi'n meddwl cychwyn?'

'Pen ryw bum munud go lew.'

A dyna'r tŷ yn garnedd wrth ei draed. Drwgdalwr o gardi oedd 'na, hwyrach, ym mograu Aberystwyth, a'r daith a'i gwir amcan wedi gwaelodi'n ei feddwl o ers wythnos gron.

'Run gŵr, dauddyblyg ei feddwl, a aeth i Lerpwl ar fis mêl yn Ebrill 1935. 'Roedd y 'ffyrm', fel y cyfeiriai at y gweithdy, wedi addo gwneud buddai gorddi ar gyfer tŷ ffarm ar gyrion Pwllheli ac wedi ordro'r derw a'r ffawydd melyn ar gyfer y gwaith gan gwmni o gyfanwerthwyr coed yn yr un ddinas. Meddai, mewn ysgrif:

> Yr oeddwn wedi priodi ym mis Ebrill ac wedi mynd i Lerpwl ar ein mis mêl. Gan ein bod yn cael coed i'r fuddai newydd o Lerpwl aeth y wraig a minnau i iard E. S. May, yn Sandmills Lane, i weld y coed. Yr oeddwn yn adnabod y perchennog yn dda a chofiaf ei ddywediad, pan ddywedais fy neges, *'Fancy, Mr. Roberts, taking your wife to a timber yard on your honeymoon.'*

Go brin iddo fynd mor bell â threfnu y man bwrw swildod er mwyn cael archwilio coed y fuddai ond mae'r cymal, 'aeth y wraig a minnau', o'i 'nabod o, yn siŵr o fod yn orddeud.

Roedd o, fel sawl cenhedlaeth o'i hynafiaid, yn ŵr wrth grefft. Gallai olrhain y saer a oedd ynddo i ryw gylchwr llestri a gwneuthurwr casgenni a drigai yn y gymdogaeth ganrifoedd ynghynt. Byddai yntau wrth ei fodd yn llifeirio siarad am y wehelyth honno ac yn gofidio am y crefftau gwlad oedd wedi mynd ar ddifancoll.

Ganol ha' 1988, ac yntau erbyn hynny yn bedwar ugain ac un, daeth gŵr ifanc draw i'r gweithdy i'w holi am rai o'r crefftau coll. (Nid bod y gair 'holi' yn ddisgrifiad teg o'r hyn a ddigwyddodd; roedd tuedd yn yr un a holid i fynd â'r awenau o ddwylo y sawl a'i holai.) Bu'r 'gribyn bach', chwedl yntau, o dan sylw a'i iaith lafar amheuthun yn cyfarth arnom gydol y rhaglen ddiddorol a ddarlledwyd.

'Gneud nhw'n wythsgwar i gychwyn, a'u rowndio nhw wedyn hefo plaen a'u llnau nhw'n grwn braf . . . Wedyn oeddan ni'n gneud y penna' a'r dannadd. Llifio onnan, ryw bedair modfadd o hyd, yn sgwâr ryw hannar modfadd, a'u hitio nhw hefo gordd bren drwy gethar ac wedyn oeddan nhw'n disgyn trwadd, trwy'r fainc, yn ddannadd wedi'u gorffan . . . A dyna i chi waith arall oeddan ni'n 'neud . . .'

'Y bladur?' chwythodd yr holwr, yn frysiog, i gael gair i mewn ar ei ochr.

'Y bladur, ia. Gyda llaw, troed pladur, coes cribyn . . . fedar y bechgyn ifanc 'ma ddim torri hefo hi, dim ond 'i rhoi hi'n y ddaear a stimio'r llafna' . . .'

A dyn ar gyfeiliorn oedd o erbyn hynny, yn rhwyfo rhwng dwy oes ac yn methu cyrraedd glan.

Erbyn meddwl, bu deuforgyfarfod o fath yn ei natur erioed. Perthynai i'w 'hanfod bod' optimistiaeth nad oedd siomi arni — 'Oeddan ni, ers blynyddoedd yn trio ca'l rwbath newydd bob blwyddyn, fel bod ni'n ca'l symud ymlaen 'te a ddim yn aros yn'n hunfan,' ac yntau dros ei bedwar ugain

— ond fe etifeddodd, hefyd, yn ngenynnau'r hil, fath o anesmwythdra meddwl a'i cadwai rhag mentro'r newydd a'r gwahanol — 'Arferai fy nhad ddwaud am y drafferth a gafodd o i ga'l y lli gron gynta' i'r gweithdy, doedd taid ddim yn fodlon o gwbl ac am ddal ymlaen hefo'r hen li march, llafurus.'

'Mi wela' i draw, yn y pendraw, yn fancw, rwbath tebyg i gaead arch.'

'Ia.'

''Da chi wedi bod yn gneud eirch yn 'ch tro felly?' a llwyddodd yr holwr i'w lusgo at grefft arall yr hoffai sôn yn atgofus amdani.

'Gormod o lawar iawn. Wedi claddu gormod o hen ffrindia', gwaetha'r modd (ac ochenaid) . . . Ma' gin i g'wilydd, nes ofn deud faint. Gafodd Dafydd 'i gosbi am gyfri'r bobl, a 'dw inna' ofn ca'l fy nghosbi am 'neud cyfri o beth felly.'

A dyna'r gwir, bu wrth y gwaith hwnnw gyda mawr sêl a chryn ofal am drigain mlynedd. Gwisgai'n reiol ar gyfer y gwaith. Yn wir, ar fwy nag un achlysur â gweinidog anghydffurfiol ei gotwm yn gweinyddu, fe'i cam-gymrwyd am y pregethwr ac roedd camgymeriad o'r fath yn eli i'w galon o. Gwn un peth, i sicrwydd, iddo ddangos cymaint parch i wreng a bonedd, i saint ac afradloniaid, fel ei gilydd.

Dros y blynyddoedd, oherwydd ehangder ei ddalgylch a'i dymor hir wrth y grefft, trefnodd angladdau amrywiaeth rhyfedd o bobl — 'gwybodusion llawer byd, y prysur bwysig, y ceffylau blaen', yn ogystal â'r 'cwmni gwledig ar ddiarffordd hynt' — ond, ar ddiwedd y daith, atgofion am rai o'r eneidiau gwahanol a frigai i'r wyneb.

Buom ein dau yn claddu'r actor Rupert Davies, *Maigret*, droeon, dros sawl pryd bwyd, yn ystod y blynyddoedd olaf. Yntau wedi cynllwynio fel bod 'na gôr meibion *ad hoc* yn canu Cwm Rhondda ar lan y bedd ym mynwent Pistyll — er syndod pleserus i'r weddw, 'nôl y cyfarwydd. Bu i gôr eglwysig ganu'r un emyn-dôn yn y gwasanaeth coffa yn eglwys Clement Lane yn Llundain ond tystiolaeth y teulu, 'nôl y cyfarwydd eto, oedd, na allai'r côr disgybledig ddal cannwyll i'r bagad cantorion hap-a-damwain hynny yn y fynwent wledig honno yn Llŷn.

Wedi iddo drefnu ei angladd yn 1931 daeth D. R. Daniel, y sosialydd a'r radical a'r undebwr llafur, yn gryn arwr iddo (ac y mae'n rhaid cofio mai'i gasbethau oedd undebau llafur, seiri rhyddion, Harold Wilson, nionod a Chwarfod Misol, yn y drefn yna) — a soniai'n fynych am hebrwng ei weddillion o'r Ffôr i Gefnddwysarn.

Gallai gau'i lygaid ar ei ragfarnau a rhoi'i argyhoeddiadau o dan gochl, dros dro, pan fyddai galw am hynny. Rhwng 1955 a 1987 trefnodd angladdau dros drichant o'r Pwyliaid alltud a gafodd loches a gwladfa ym Mhen Llŷn. Ar ddydd angladd, yn ystod yr offeren, eisteddai yn agos i'r blaen yn yr eglwys Babyddol fechan sy' yno — y fo, y Bedyddiwr solat — yn deall 'run gair o'r gwasanaeth, yn cael ei wlitho â'r dŵr sanctaidd a'i bersawru â'r arogldarth. O gofio'i orchwyl, a pha mor aml y gelwid arno i ddod yno i'w mesur, pa ryfedd i un o'r rhai byw ymliw arno, *'You no come here soon again, Mr. Roberts.'* Meddai, mewn ysgrif, 'Perchwn hwynt fel pe byddent yn Gymry.' 'Rwy'n siŵr iddo wneud hynny, a mwy, os oedd hynny'n bosibl.

Bu'n Fedyddiwr cenhadol, yn gwbl argyhoeddedig na allai neb 'ga'l iechydwriaeth mewn powlan' (a dyfynnu un 'Morgan Jones Whitland' yn garn i hynny). Roedd ynddo beth o ruddin yr eneidiau gwahanol hynny sy'n croesawu erledigaeth ac yn cwrsio merthyrdod. Fe fyddai wedi cerdded yn siriol i'w stanc dros y 'bedydd trochiad', chwedl yntau, ond wedi ysgwyd llaw yn wengar â phawb ar ei lwybr a gredai'n wahanol. Terfyn, dros dro, sawl trafodaeth gynnes a fu rhyngom, ac yntau wedi gwrando sawl rhesymeg a sawl ymdrech i'w resymoli — os gwrando hefyd — oedd clywed y Bedyddiwr diwyro'n dweud, 'Ella bod gynnoch chi bwynt yn fan'na ond . . . y . . . ni sy'n iawn.' Yna, y frawddeg dreuliedig honno a'i hachubodd o sawl cornel gyfyng, 'I gada'l hi'n fan'na sy' orau i ni.'

Bu galed y bygylu rhyngom, sawl tro. Ofer ydi dyfynnu'r Tadau Eglwysig Cynnar neu ddyfynnu'r Groeg gwreiddiol yn erbyn gwres argyhoeddiad. A doedd ei atgoffa ei fod o linach Fethodistaidd braff, a allai ymffrostio mewn pum pregethwr ac un cenhadwr, a'i hendaid ei hun yn eu plith, yn peri iddo glosio dim at y 'bedydd powlen'. 'Runig obaith i mi gadw nhraed yn sych mewn dadl o'r fath fyddai hiwmro peth ar y gweithrediadau. Yn nyddiau Llanfihangel Glyn Myfyr roedd acw gi a ymddiddorai mewn popeth ond defaid. Gyda gofal a bwyd llwy fe'i dysgais i ymateb yn wahanol i synau enwau'r gwahanol enwadau. Dim ond i mi enwi'r Methodistiaid neu'r Annibynwyr, neu hyd yn oed Eglwyswyr a Chatholigion, fe ysgydwai'i gynffon fel llo'n cael llith ond os dechreuwn i sibrwd y gair Bedyddwyr fe âi'n lloerig ulw, yn ffiaidd o'i ben i'w gynffon. Adroddai yntau am y ffolinebu hwnnw gydag asbri, wrth enwaediaid a dienwaediaid fel ei gilydd, ond gan ychwanegu bob tro 'ma' criadur direswm, wrth gwrs ydi ci!'

Fel y Frenhines Mari gynt â'r gair Calais, bu yntau farw â'r gair Tyddynshon ar lech y galon — 'wedi ei ysgrifennu nid ag inc . . .' Meddai, mewn ysgrif, 'Ar wahân i'm cartref yn Hendre Bach ac ar ôl priodi yma yn Hyfrydle, Tyddynshon yw'r lle pwysicaf yn fy hanes i . . .' Mor wir.

Yn ffodus, bu farw heb weld y malltod sy'n cerdded pob capel arall, heb deimlo'r oerfel marwol sy' wedi cydio mewn Ymneilltuaeth na sylwi ar y *Mene, Mene, Tecel Wparsin* sy'n argraffedig, glir ar galchiad ein parwydydd anghydffurfiol. Gwelais rai'n mynd o'i gwmni, rhai roedd y dirywiad crefyddol yn pwyso'n drwm ar eu hysbrydoedd, gydag eneiniad newydd wedi clywed am un fro, neu'n hytrach un gorlan, lle roedd gwres y diwygiadau heb lawn oeri. 'Ma' hi'n dda iawn acw. Acw, ma' hi'n dda iawn, yn dda iawn hefyd.'

Fel y dywedodd ei weinidog, Olaf Davies, ddydd ei angladd (a byddai mawrdra anhygoel yr angladd hwnnw a'i locustiaeth gweinidogion wedi bod wrth fodd ei galon), hysbysebodd ei hoff Dyddynshon ar ei ymweliadau â'r Sowth — ar fusnesion enwadol eto fyth — a daeth pobl i fyny o'r de i weld y fan gan ddisgwyl amffitheatr, tair galari yn hytrach na'r blwch taclus, deniadol, ond bychan serch hynny, sy' yno.

> Nid oes yno neb yn wylo,
> Nid oes yno neb yn brudd

Meddai, yn yr un ysgrif, 'Edrychwn ymlaen fel eglwys am gael dathlu daucanmlwyddiant yma yn 1994 a hyderwn y cawn fyw i'w weled.'

'Run yw'r amgylchiadau i bawb, ac mae ffeithiau hanes yn ddi-sigl. Ein dehongliad ni o'r amgylchiadau hynny, ar sail yr hyn a gredwn am ystyr bywyd, sy'n peri bod gwahaniaeth gweld yn bosibl.

Ar un wedd, roedd o'n siaradwr di-daw, ond eto'n sgwrsiwr symol. Wedi iddo ddweud ei ddweud, yn orawenus, fel rheol, gallai golli pob diddordeb yn yr ymgom ac os byddai ganddo gadair gyffordus, a mymryn o dân o'i flaen neu lygedyn o haul o'i gwmpas, fe syrthiai i gysgu. Blinai'n gynnar ar fân siarad ond ni flinodd erioed ar lyfr da. Os bu i undyn o Gymro wireddu yr hyn a ddywedodd Emrys ap Iwan am ogoniant darllen, wel, y fo oedd hwnnw.

> Ieuengctyd, nad adewch i brysurdeb eich galwedigaeth beri i chwi golli blas ar ddarllen; canys hyd yn oed pe casclech ddigon o olud i fyw arno yn niwedd eich oes, ychydig a drwg fydd blynyddoedd eich ymneillduad, oni bydd gennych hyfrydwch mewn darllen.
>
> Gwnewch i chwi gyfeillion o lyfrau, fel pan eloch yn hen y bo gennych rywrai i'ch derbyn pan fo llawer yn eich gwrthod. Hwyrach y byddwch y pryd hwnnw mewn rhyw fath o garchar — yngharchar, mewn yspytty, neu yn eich tŷ ardrethol eich hun, gan glefyd neu glwyf, a phan fo dyn yngharchar, y mae llyfrau yn gyfeillion a lŷn wrtho yn well na brawd.

Gyda'r blynyddoedd aeth sawl mabinogi amdano ar led ac fe dyfodd ambell stori seml yn chwedl ganghennog ac iddi, bellach, fersiynau lawer. Fel honno am ddau saer coed a ddaeth ato, ar antur, i ofyn am gael gyrru darn o bren naturiol drwy beiriant oedd yn mowldio coed i wahanol seis a siâp yn ôl y galw.

'Pren go galad hogia,' a'i fodio fo.

'Ydi.'

'Derw.'

'Ia, derw.'

'Ma'n ddrwg gin i hogia bach, ond ma' hon yn fashîn newydd, a 'di costio dipyn 'te.'

'Popeth yn iawn,' ebe'r ddau a throi i ymadael.

''Tasa gynnoch chi goedyn meddal, hogia . . .'

Yna, fel roedd y ddau'n cydio yn y darn pren, 'Be 'da chi'n 'i 'neud hefo fo, hogia?'

'Drws capal . . .'

'Hei hogia, dowch yn ôl. Mentrwn ni hi.'

Yn ôl y fersiynau glywis i ddaru o ddim holi, hyd yn oed, capel i ba enwad! Un mawrfrydig felly oedd o, yn y bôn.

Noson yng ngwanwyn pumdeg pump oedd hi — neu, efallai, ei bod hi'n ganol ha, neu'n ddechrau hydref.

''Da chi'n Fedyddiwr? Ma' capal Tyddynshon . . .', ond mae hi'n bosibl na chyfeiriodd o at y pwnc o gwbl, er byddai hynny'n annhebygol. Gyda'r blynyddoedd hawdd ydi tadogi lle ac amser, gair ac idiom ar sail oes o adnabyddiaeth. Ond, mewn bron i ddeugain mlynedd o adnabyddiaeth, ni chefais i achos i newid fy meddwl amdano; mwy na'r Ethiopiad ei groen a'r llewpard ei frychni ni newidiodd yntau na'i arferion na'i argyhoeddiadau, ei ddiddordebau na'i wendidau — 'run tanbeidrwydd sêl, 'run straeon, 'run rhagfarnau, 'run naïfrwydd, 'run rhagoriaethau, ia, 'run Rhys Robaits.

Gwanwyn

(Llanerfyl, 1989)

Dawns swil y daffodiliau,—ymlonna'r
   Melynion betalau;
   Awel iach lond eu clychau
Yn si bod yr ha'n nesáu.

Nel

(Priod Bob Owen, Croesor)

Nel Owen, dal i dendio—y bu hi
   Ar Bob yn ddiflino;
   Yn ei gur pan lithrai'i go'
Nel oedd ei ddwy law iddo.

J. H. Roberts (Monallt)

28

Y Gorwel

(Un o awdlau cynnar y diweddar Brifardd John Evans)

'Y GORWEL'

Llun: Rolant Williams

'But, after all, shadows themselves are born of light. And only he, who has experienced dawn and dusk, ascent and decline, only he, has truly lived.'

A'r haul, wedi'r crwydro hy,
   Yn ei godwm yn gwaedu,
Yn y tŷ, wrth erchwyn tân, atgyfyd
   Hen atgofion syfrdan:
Yng ngwyrth glo ing hiraeth glân
Hiraeth hen wrtho'i hunan.

Hen groes hynafgwr ysig ydyw poen
   Am fyd pell gosgeiddig:
   Hen ŵr brau yn morio brig
   Tonnau ei henaint unig.

29

Am oes yr huddodd mwswg a phoenus
  Reffynnau yr iorwg;
 A'r awr ddall yw'r awr a ddwg
 Weled sy'n fwy na golwg.

Gweld neu glywed uchedydd, neu lef fwyn
  Cylfinir y rhosydd:
 A'r mawn yng ngodre mynydd
 Dan donnau yr hafau rhydd.

Ardudwy! Cri diadell ar ffridd lom—
  A'r ffordd las anghysbell:
 Beth yw haf lond ystafell
 I fud boen am feifod bell?

     *   *   *   *

Mwyna' lle y bûm yn llanc
A'r nwyf tan ddwyfron ifanc;
Oriau gwawr fy more gynt—
Heulog fore dihelynt.
Rhawd ieuengoed â'i oriau diango,
Ardudwy â'i hedd diymffrost drosto—
Hen fryn, a thyddyn, a tho gwarcheidiol,
A hen wŷr swynol a gerais yno.

Bywyd llawn, er y byd llwm,
Â'i wyngalch ar fwth hengwm;
Yr hynt ymhell o'r anterth
A'm byd yn un wenfflam Berth:
Rhedai goddaith ar draws Rhyd-y-Gwyddyl
I roi aur gwych tros yr erwau gwachul,
Gofid ni ddôi ar gyfyl Craig y Llam—
Ni fyddai nam â'r nefoedd yn ymyl.

Cael nef wrth hiniog nefoedd
A lle'r ŵyn yn allor oedd.
Gyrrai Duw wrth agor dydd
Rubanau ei aur beunydd.
Enaid y mynydd a roed i minnau,
Yn serth i'r wybr y cerddai'r hen lwybrau,
Hir lawenydd oedd gwylio'r corlannau
A thirion pridd a tharren y preiddiau.
Dôi nos a'i sydyn iasau,—sêr di-ri
Yn mynnu crogi ym min y creigiau!

Byd diogel crwt penfelyn, a'i fwyniant
    Rhwng terfynau tyddyn;
    Duw yn hau, ar gloddiau glyn,
    Aur bathol ger y bwthyn.

Dwyfol ffolineb mebyd—ei obaith
    A'i anwybod hyfryd;
    Ni ŵyr un bach droeon byd—
    Heb wae ni ellir bywyd.

II

Rhedai'r daith uwch rhaeadr dŵr
Fin dydd, tros gefn y deuddwr,
A chael brig ffroenuchel bro
A thân yn fawrwyrth yno.
Tu draw i ganllaw carreg y gwynlli
Gweld gororau goludog Eryri
Yn gaerog ddinas gwrel yr heli
 dawn yr hwyrnos yn dyner arni.
Tŵr llosg holl bellter y lli, a golud
Un awr fawr danllyd ar foryd Enlli.

Ofer i wargam gynnwrf yr irgoed
A dyri heini i drymder henoed.
Â'i ddydd newydd gwynfyd y deunawoed
A gerwin ing sy'n goron ieuengoed.
Dyry hy, drwy'i rawd erioed, ei obaith
A'i heulog afiaith yn hael i'w gyfoed.

O weld llafn tros gefn gwlad Llŷn
A'r Werydd yn farworyn,
Yn nwyd llosg trwy enaid llanc
Dôi rhyfyg pob dewr ifanc.
Yng ngwrid eigion y gwelwn dirionwch,
Ac yn ei wyrdd bob egni a harddwch—
Anterth pob rhyw brydferthwch di-ofid,
A thir rhyddid rhai yn gwneuthur heddwch.

Duw, â'i arfod yn lendid diderfyn,
Sydd ynof yn gof nas bwyty gwyfyn;
Cofio disymwth am dlodi bwthyn
Minnau, heb air, hyd esgair yn disgyn
Yn ŵr glew i fraenar glyn, ac ysol
Ôl yr Anfeidrol ar draws Carn Fadryn.

I'm byd, â'i benyd, tan sawdl y bannau—
I dwrf annedwydd hen dir fy nhadau,
Y cerddai creulon her eangderau
Yr wybr unig o esgair y bryniau,
Ac i'm cell i'r hengwm cau, y dôi'n rhwydd
Yr anniddigrwydd na thorrai'n ddagrau.

III

Y dewr ifanc o hendre a hafod
Yn bwrw i'r wendon ar bererindod;
Marchogion Cais pob glanwedd ryfeddod
A thân pur oedd yn eu chwerthin parod—
Y gwŷr di-ofn, di-gofnod, dim ond sain
Cri fain y gwylain ar Gantre'r Gwaelod.

Oni ddaeth adwyth i'w hesgyrn hwythau?
A bloedd am diroedd tros war dyfnderau?
Am rywiog aur, am wŷr o gyhyrau
Â llif i naddu y pell fynyddau?
Ebrwydd yr aeth o'r traethau ŵyr hawddgar,
O garchar braenar a thlodi'r bryniau.

Rhwd ar yr og! Gwell gwrid ar yr eigion
A mynnu haen aur tros wrym Nanhoron
Er wylo Ardudwy o golli'r gwirion
A aeth i randir ddisathr y wendon;
Nid gwewyr ofer a roed i gryfion—
Ni fetha byth yr hen faith obeithion—
Er llu diallu'r deillion yn y llaid,
A choflaid gannaid yr esgyrn gwynion.

Rahel â'i chur,—ni 'fyn ei chysuro'—
Rahel ni wêl mai ofer yw wylo.
Rhaid ar hyf ar y foryd yw rhwyfo,
A gwych yw hirnych y pellter arno;
A rhaid i'r wendon wrido—derfyn dydd,
A chlymu'i deunydd yn gochl am dano.

IV

A'r Dydd a'i ddeunydd a'm cuddiodd innau
Yng nghur a llafur y gloyw welleifiau.
Chwilio'r aur ym mhridd gwachul yr erwau
A dewr a diddan galedi'r dyddiau.
Yr wrol gymar orau a'r aer mwyn
A roes i wanwyn ei lwyth rhosynnau.

Dewr oedd Mai pan daniai'r dydd
Hen feini Eithinfynydd.

Y Mai digoll a holliach
Yn euro byd yr aer bach.

Pob dewis gerdd oedd erddo
Gwyrai dawn at ei grud o.

Pob tir pell eiddof bellach
A'r haul byth ar Iolo bach . . .

Haen ar y tirion—y pwn ar y tryma'
Yn rhoi yr aer i drymder yr eira,
Aeth y rhos o berth yr ha' chwerthinog
Hen drum niwlog ar y drem anwyla'.

Yr haul yn gwatwar wylo
A'r graith ar lyfnder y gro.

Awr ing oedd pob awr angall
A'r dydd yn ddiffeithdir dall.

Ofer y diwyd lafurio daear—
Gweld lle bedd y gwael dall-a-byddar,
Y direidi'n ddidrydar a llonydd—
A'r ochain beunydd yng Nghrochan y Benar.

*   *   *   *

Troi tros y bryn o fwthyn i Fethel
At arwyr Duw i antur awr dawel;
'Gras' a'r 'Groes' i'r gwŷr isel yn olau—
O ddawns eu geiriau dôi'r Ddinas Gwrel.

Hen wŷr 'yn gweled yr Anweledig',
Hen wŷr doethion mewn tir adwythig,
Gwŷr goleuwedd bonheddig, a'u gweddi
Tros gri a chyni anialwch unig.

Ac ar awr gosber hen dadau pererin
Wrth y Groes, aeth y loes yn felyswin;
Daeth nef i dlawd gynefin—minnau'n syn
O waelod bryd 'yn gweled y Brenin'.

Ar dêr fireinder y môr a'i gryndod
Y torrai'r golau tros Gantre'r Gwaelod:
Rhoes ar fedd ei ryfeddod, a di-glwy
Hen dir Ardudwy yng ngodre'r Duwdod.

V

O daw dyrnod ail blentyndod arnaf
A'm cau o gyrrau hen fro a garaf,
Yn wron cad yr awron y codaf
I daith ac antur yr adwyth cyntaf.
Gloywder gorwel a welaf tros y bae
A'i hynt yn olau i'w blant anwylaf.

Y Berth oedd danbaid, gannaid gynnau—
Yn fur tân ar ddygyfor y tonnau,
A roes ei Gobaith didranc i lanciau
A huddo â'i hud lân ddyheadau,
I'r hyfion rhoes hir hafau, ym mrig hwyr,
Y rhoes ei synnwyr i'm hiroes innau.

Dihenydd yw'r Dydd sy'n fwy na dyddiau
Â'i wrid tyner ym mhellter y tonnau;
Tu hwnt i'r dagr a'r dagrau i'r hyfion,—
I'r gŵyr dewrion, yr egyr y dorau.

Trof i'r waneg i'r Antur Fawr heno,
Â'r didor afiaith rhaid ydyw rhwyfo;
Ym môr Duw, teg i'r dewr yw mordwyo
I glydwch heddwch y Tir sydd iddo.
I'r Tir llachar heb dario, mynd sydd raid—
Ochenaid enaid a anwyd yno.

Yno am degwch: yno mae digon
O erddi bythwyrdd yr heirdd obeithion;
Yno mae Gwir yn ddinam ei goron
O erwin helynt—a 'drain a hoelion';
Chwerthin a gerdd yng ngwerddon y Tir Hud—
Y gân yw golud eigion y galon.

Ymhell o afael byd mall a'i ofid
Moriaf yn lew i law'r Digyfnewid,—
I lawnder Un sy'n lendid—i Ddinas
Enwog y Deyrnas a'i Llyw'n Gadernid.

A daw i briddyn hen gryndod breuddwyd,
Daw o'r gorwel hen geinder a garwyd—
Daw'r Mai digoll a gollwyd yn oddaith—
Yn wyrth eilwaith yn y Berth a welwyd.

Â rhin heulwen ar fy Siwrnai Olaf
Trwy gafnau'r tonnau, heb ofn, y tynnaf;
I'r goleuni aur glanaf, a'r pellter
Yn dyner, dyner, yn cau am danaf.

Y Prifardd JOHN EVANS
yng nghadair Eisteddfod Genedlaethol Aberystwyth, 1952

Moel y Gest

Yn hyderus

J. WATKIN JONES

:s,	d:d:r	m:-.f:s	f:m:r	d:-:d'	t:t:l	s:-.m:d
:s,	s,:l,:t,	d:-.l,:d	d:d:t,	d:-:d	r:r:r	r:-.t,:d
:s	m:m:s	s:-.r:m	l:s:s	m:-:m	s:s:fe	s:-.s:m
:s,	d:l,:s,	d:-.d:d	f,:s,:s,	d:-:l,	r:r:d	t,:-.s,:l,

S,

r:s:fe	s:-:r	r:m:f	m:-.r:d	m :f:s	l:-:s
s,:r:d	t,:-:t,	l,:t,:t,	d:-.s,:s,	d :d:d	d:-:d
s:t:l	s:-:f	f:s:l	s:-.f:m	s :f:m	f:-:s
t,:r:r,	s,:-:s,	s,:s,:s,	d:-.d:d	ta,:l,:s,	f,:-:m,

d:d:r:	m:-.f:s	f:m:r	d:-
l,:l,:t,:	d:-.l,:d	r:d:t,	d:-
m:m:s:	s:-.r:m	l:s:f	m:-
l,:l,:s,:	d:-.d:m,	f,:s,:s,	d:-

Efengyl tangnefedd, O! rhed dros y byd;
A deled y bobloedd i'th lewyrch i gyd;
Na foed neb heb wybod am gariad y groes;
A brodyr i'w gilydd fo dynion pob oes.

Sancteiddier y ddaear gan ysbryd y ne';
Boed Iesu yn Frenin, a neb ond Efe:
Y tywysogaethau mewn hedd wrth ei draed,
A phawb yn ddïogel dan arwydd ei waed.

Efengyl tangnefedd, dos rhagot yn awr;
A doed dy gyfiawnder o'r nefoedd i lawr;
Fel na byddo mwyach na dial na phoen,
Na chariad at ryfel, ond rhyfel yr Oen.

Eifion Wyn

Y Garreg Wen

Doh B*b*. Yn llawen

J. WATKIN JONES

Hoff yw canu am y Ceidwad
   Aned draw ym Methlem dref;
O! na wyddai pawb amdano—
   Cyfaill plant y byd yw Ef.

Daeth o'r nef bob cam i'w cadw,
   Ond mae eto fyrdd a mwy
Sydd heb wybod am ei eni—
   Ewch â'r newydd iddynt hwy.

Mae'n eu caru hwy fel ninnau,
   A bu farw er eu mwyn;
Onid yw ei enw arnynt,
   Maent o rif ei annwyl ŵyn.

Ewch â'r hanes tlws am Iesu
   Dros y moroedd, trosom ni;
Canwn ninnau am ei gariad,
   A gweddïwn trosoch chwi.

EIFION WYN

Rwy'n cofio bachgen

'Rwy'n cofio'r bachgen: fe'i hadwaenech gynt,
Ynysoedd llyn Winander. Mynych iawn
Ar derfyn dydd,—a hwy'r cynharaf sêr
Yn dechrau symud ar hyd ael y bryn,
I godi neu fachludo,—y safai efô
Ar fin y llyn llwyd-olau, dan y coed.
Yno, a'i fysedd oll ymhleth, a'i ddwylo
Gledr yng nghledr ar bwys ei enau, fry,
Fe chwythai, fel trwy sturmant, sain 'tw-hw'
I dwyllo tylluanod hurt y wig
A denu'r rhain i'w ateb. Hwythau'n awr
Ddyrchafent lef ar draws y dyffryn llaith
Dro ar ôl tro, mewn ymatebiad taer—
Yn gnul gynhyrfus, groch-soniarus draw,
Gan ddyblu a threblu'r atsain: cytgan wyllt
O lawen-hwyliog drwst. A phan, o raid,
Y tawai'r llanc, fe deimlai ambell dro,
Yn treiddio i'w galon, yn nistawrwydd dwys
Y seibiant, er ei syndod, leisiau pell
Rhaeadrau'r mynydd; neu fe lithrai swyn
Yr agos olygfeydd i mewn i'w fryd
Yn ddiarwybod,—y mawreddog ffurfiau, a'r coed,
A'r creigiau, a'r oriog nef a welai'n awr
Ym mynwes dawel y croesawgar lyn.

Nid yw'r llanc hwn ymhlith ei geraint mwy:
Bu farw cyn bod eto'n ddeuddeg oed.
Prydferth yw'r llecyn, prydferth iawn yw'r fro
Lle'i ganed; ac mae'r fynwent werdd o hyd
Ynghrog ar fryn uwchlaw ysgoldy'r llan.
Minnau, wrth basio'r fynwent honno ar hynt,
A sefais, lawer hwyrddydd, gan ymdroi
Am hanner awr neu ragor, dyna'r gwir,
I syllu'n fud uwchben ei ddinod fedd.

Trosiad J. T. JONES
o 'There was a Boy,' un o gerddi William Wordsworth

Er Cof am Dewi Meurig*

Os mawr y neb sy'n debyg—i'r Iesu,
   Yn rasol garedig
   Wrth ffrindiau mewn dyddiau dig,—
Diau, mawr Dewi Meurig.

J. T. Jones

* Y bardd diymhongar o Forfa Bychan—a chyn aelod o'r Clwb.

Cariad

(Cyfieithiad o Soned S. R. Lysaght)

Pe curai Cariad wrth dy ddrws, ar hynt,
A'i fryd ar fod yn westai yn dy dŷ,
Cyn agor iddo, ymbwylla, gyfaill cu,
Os mynni fyw'n ddibryder megis cynt;
Cans nid heb gwmni y teithia. Wrth ei sgîl
Daw engyl trist y niwl. Breuddwydio y mae
Am bell orwelion, ac am faint y gwae
A dardd o anniddigrwydd hen yr hil.
Mae'n sôn am sêr na wyddit gynt eu bod;
Gall droi dy holl ddelfrydau'n dân di-lyth,
A'th gymell i gyd-gario ag ef am byth
Y baich o ddwyfol ofid is y rhod.
Mor ddoeth fai peidio ag agor; eto i gyd,
Dyloted fyddit o'i droi'n ôl i'r stryd.

J. T. Jones

Llythyrau

Clywodd Elin sŵn y llythyrau'n disgyn yn ysgafn ar garped y lobi. Brysiodd i'w casglu, gan sychu diferion te oddi ar ei gên gyda'i llawes. Roedd ar fin agor yr amlenni pan glywodd sŵn rhywbeth arall yn disgyn yn yr un lle. Dychwelodd i nôl y papur newydd. Penderfynodd fynd gyda chrib fân trwy hwnnw i ddechrau.

Synnodd pan ddarllenodd gynnwys y dudalen flaen. Daeth siom yn sgîl ail ddarlleniad, ond nid ildiodd Elin. Trodd i'r ail dudalen. Llamodd ei chalon o lawenydd pan welodd fod llythyren olaf rhyw air heb ei hargraffu. Ysgrifennodd y gair yn ofalus ar ddarn o bapur cyn ailddechrau darllen. Gwelodd gamgymeriad arall: roedd yr 'i' heb ei hargraffu yn yr enw 'Davies'. Darganfu ddeg gwall ar y dudalen honno.

Cyn bo hir, daeth at golofnau 'Geni, Priodi a Chladdu' — colofnau da yn ei barn hi. Gwelodd gyfeiriad at bentref y gwyddai amdano. 'Nr. Coren' a argraffwyd. Gwnaeth gofnod eto. Parhaodd â'i thasg nes bod ganddi dair tudalen o nodiadau. Dewisodd y gwallau gwaethaf a'u rhestru ar bapur ar wahân cyn dechrau ysgrifennu:

Anwyl Mr. Golygydd,

Mae lott o fistecs yn y papur etto heddyw Mi soniai am bob un rhywbryd ond i ddechra dyma un — NR Mae pawb yn gwbod mae 'near' ydi y gair i fod Pam nanewch chi sgwenu o yn 'near'?

Hefyd mae rhoi 'Corwen' yn iawn yn bwysig. Ddaru chi adal yr 'w' ona Os drychwch chi yn y llyfr sgwenais i mae Corwen yn dwad o COR + WEN am mae dynas ydi COR Mae yr 'w' yn cyfri lott

Cofion, Elin

Trodd at y llythyrau a gyrhaeddodd ben bore. Llythyr oddi wrth Rebeca oedd y cyntaf:

Anwyl Elin,

Dyma fi yn sgwenu atta ti o Frainc Dwi yma i orffan trefnu prynnu ty — well, chataue a deud y gwir Dwin meddwl symud yma yn y gwanwyn a mi leciwn itti ddwad yma yr ha nesa i aros am fis Mi gawn ni fynd am dro mynd yn frown yn yr haul a mynd efo Claude mewn Rols Roice (Claude ydi fy frind newydd fi) Dwin edach ymlaen atto fo

Cofion, Rebeca

Atebodd Elin y llythyr yn syth:

Anwyl Rebeca,

Dyma fi yn sgwenu atta ti o Gymru Diolch itti am y llythyr Dwin falch fod y chataue yn Frainc wedi brynnu gen ti Diolch am ofyn i mi ddwad yno atta ti ha nesa Dwi am ddwad Mae y tywydd wastad yn well yn Frainc Dyna pam ti yn mynd yno debig Dwin edach ymlaen at fynd yn frown yn yr haul a mynd am dro efo Claude yn y Rols Roice Mae o yn rwbath i edach ymlaen atto fo

Cofion, Elin

Oddi wrth Raymond yr oedd y llythyr arall. Roedd Elin ac yntau wedi dyweddïo, er nad oedd modrwy.

Anwyl Elin,

Dyma fi yn sgwenu atta ti o Loeger Diolch itti am y llythyr Man ddrwg gen i ond fedrai ddim dwad i dy weld di a bod acw am wsnos gyfa Dwin brysur iawn leni Ella y medrai ddwad am wylia flwyddyn nesa Biti bod ni mor bell Edach ar ol dy hun

Cariad, Raymond

Er bod y cynnwys yn siomedig roedd gan Elin statws Raymond i lynu wrtho. Yr anfantais a ddeilliai o'r fath statws oedd ei fod yn peri absenoldeb. Rhoddodd bin ar bapur yn syth:

Anwyl Raymond,

Diolch yn fawr itti am y llythyr Roedd yn feind iawn ohonnat ti i sgwenu Dwin gwbod fod stamp yn costio fawr ddim i filiwner fel chdi I mi mae o yn lott ond dim ond dau frind sy gen i — chdi a Rebeca a dwin barod i wario ar stamp i chi bob un Mae hi wedi prynnu chataue yn Frainc ac yn symud yno yn y gwanwyn Mae hi am i mi fynd yno i aros Dwi am ddeud wrthi hi amdano ni Fyddi di ddim yn meindio dwin gwbod Mae cadw y peth yn dawel yn anodd Bydd Rebeca wrth ei bodd Ella y medri di ddwad i aros hefyd

Cariad, ElinX

Aeth i nôl amlenni ac ysgrifennu'r enwau a'r cyfeiriadau'n ofalus ar y ddwy. Yna, aeth ati i ysgrifennu llythyr arall, gan gymryd yr un gofal manwl gyda'r amlen. Wedi ei orffen, gosododd ef o'r neilltu. Wedi'r cwbwl, roedd trefn yn holl bwysig. Byddai'n ddigon buan i anfon hwnnw yr wythnos ganlynol.

Mab y Mans

Clywais ddweud mai'r plant gwaethaf i gyd yw plant plismyn, athrawon a gweinidogion yr Efengyl. Cofiwch fy mod wedi gwadu'r gosodiad yn ffyrnig bob tro yr anelwyd ef ataf — wel, ynglŷn â'r ddau olaf beth bynnag. Rhwng plant plismyn ag ateb drostynt eu hunain.

Dewch i ni gael edrych am eiliad ar deulu'r Mans — na, nid y gyfres deledu fondigrybwyll ond y bobl sydd yn amgylchynu'r bugail. Yn sicr dylem bellach gael cyfrol ar wraig y gweinidog neu wraig y ficer. Dyna hi, o gariad at y gŵr a chariad at yr achos yn trefnu hyn ac yn llwyddu'r llall ac yn cynnal beichiau'r bugail. Gwaith digon diddiolch bid sicr. Eto i gyd mae ein dyled yn fawr i'r merched hyn. Cofier am John Jones Talysarn — cofier am Williams Pantycelyn. Bu'r ddau yn hynod ffodus o gael ymgeledd gwirioneddol gymwys; Fanny'n ofalus o'r ceiniogau yn y busnes yn Nhalysarn a Mali'n stiwardio ym Mhantycelyn. Bu John Elias yntau yn ddigon lwcus i gael dwy wraig ardderchog er mai prin y byddai'r hen Uchel-Galfin rhonc yn priodoli peth felly i lwc. Fel un o weithredoedd Rhagluniaeth yn siŵr y byddai ef yn gweld ei waith yn priodi'r wraig weithgar gyntaf a'r ail wraig ariannog — er na wyddai, yn ôl pob tebyg, fod Lady Bulkeley mor ariannog ag yr oedd mewn gwirionedd, am sbel wedi'r briodas.

Nid fod pob gŵr parchedig wedi gwerthfawrogi'r hyn (neu'n hytrach yr hon) a gafwyd. Caledwaith a gafodd gwraig yr hen batriarch Bedyddiedig hwnnw Robert Jones, Llanllyfni. A phan ddaeth cenhadau ato i'w gyfarfod wrth iddo ddod adref o daith bregethu i dorri'r newydd drwg olaf fe ddywed traddodiad mai ei ateb cyntaf oedd, 'Wel synna' i ddim; roedd hi wedi mynd yn hen beth ddigon sâl erstalwm.'

Ond dyna ddigon am wraig y gweinidog; am fab y Mans yr oeddwn i wedi bwriadu sôn. Ydi o'n wahanol i unrhyw fachgen arall? A ydi waliau'r Mans fel rhagfur rhyngddo ef a bywyd go-iawn?

Clywsoch y dywediad fod y gweinidog yn gweld dyn ar ei orau a'r twrnai'n ei weld ar ei waethaf. Roedd Tegla'n gwadu gwirionedd y gosodiad a dywedodd fwy nag unwaith fod gweinidogion yn cael gweld pethau digon erchyll o dro i dro ac roedd o'n siŵr o fod yn llygad ei le. Efallai bod yr amrywiaeth fawr o ymwelwyr a ddaw yn eu tro i'r mans yn addasu'r plentyn ar gyfer byw yn y byd mawr y tu allan.

San Steffan fu pen yr yrfa i lawer ohonynt a llawer fel yr Arglwydd Cledwyn, David Steel a Dafydd Elis Thomas wedi gwneud marc go-iawn yno. Os daw Syr Wyn cyn belled â Rhif 10 nid y fo fydd y cyntaf o feibion y Mans i gyrraedd cyn belled. Roedd Bonar Law a ddiorseddodd Lloyd George ei hun (eto yn rhyw hanner mab y Mans) yn fab i weinidog Presbyteraidd yng Nghanada. Er hynny, prin iawn y buasai ei dad wedi cymeradwyo ei syniadau ar grefydd. Roeddent yn sicr yn ymylu ar anffyddiaeth.

Er bod meibion y Mans wedi disgleirio mewn llawer i faes, am ryw reswm neu gyd-ddigwyddiad, mae peth wmbredd o'r bechgyn hyn (a rhai merched) wedi dewis y Gyfraith fel gyrfa. Does dim rhaid i mi nodi enghreifftiau nac oes? Mae'n sicr fod yna gyfran dda yn y dref agosaf atoch yn ceisio trin a thrafod pobl fwy anystywallt hyd yn oed na blaenoriaid eu tad. Bu i lawer un o feibion y Mans ddiweddu'r yrfa gyfreithiol ar y Fainc a thybed a fu'r hen awch hwnnw i geisio cadw'r ddysgl yn wastad (hen glefyd preswylwyr y Mans) yn poeni'r barnwr o dro i dro?

Bu adeg pan oedd teulu'r Mans yn eithaf prin. Yn yr hen eglwys geltaidd ac am ganrifoedd wedi i ni fynd o dan oruchwyliaeth Rhufain roedd rhyddid i offeiriaid briodi a magu teulu. O dipyn i beth y daethpwyd i gredu gan rywun yn rhywle, rhwng Ffrainc a Rhufain, na ddylai gwas yr Arglwydd gymryd gwraig. Yr Apostol Paul sy'n cael y bai am hyn fel y cafodd y bai am fynnu bod merched yn gwisgo hetiau Ascotaidd i fynd i'r moddion. Byddaf yn meddwl yn aml fod gorllewin Ewrop wedi cael cam dychrynllyd yn yr Oesoedd Canol trwy fod wedi colli cenhedlaeth ar ôl cenhedlaeth o feibion clerigol. Ac wrth gwrs roedd y golled honno'n fwy yr adeg honno nag a fuasai hi heddiw. Pan fyddai offeiriad y plwyf yn gweld dawn ysgolhaig yn un o fechgyn y pentref byddai'n ei fugeilio'n ofalus hyd nes y byddai ar ei ffordd i fod yn offeiriad ei hunan neu'n ddisgybl gyda'r mynaich. Yn yr un modd fe debygwn i mai'r mwyaf deallus a dengar o'r merched yn aml iawn fyddai'n eu cau eu hunain yn y lleiandai. Hufen yr ieuenctid yn gwrthod epilio? Go brin fod peth felly'n lles i'r hil ddynol.

Ond fe ddaeth tro ar fyd adeg y Diwygiad Protestannaidd. Rhoddwyd hawl i glerigwyr briodi a gosododd Archesgob Caergaint esiampl i bawb trwy gymryd gwraig ei hun. A dyna'r drefn hyd heddiw yn yr Eglwys a chan yr Ymneilltuwyr a thros y canrifoedd magwyd aml i bersondyaid neu lond Mans o gymeriadau tu hwnt o ddiddorol. Fe glywodd pawb am blant ficer Haworth — tair nofelwraig eithriadol a mab dawnus o artist. Hanes trist yw hanes y teulu Brontë gyda'r hen fachgen duwiol yn colli un plentyn talentog ar ôl y llall. Pwy a ŵyr faint o nofelau oedd eto yng nghôl y merched a gollwyd? Yn anffodus aderyn digon brith oedd Branwell y mab, creadur braidd yn hoff o fynychu tafarnau'r pentref ac o gael gwerth ei arian ynddynt. A dyma ni yn ôl yn nechrau'r daith gyda'r plentyn breiniol yn cambihafio a thynnu gwarth ar ei deulu.

Bachgen felly oedd Dafydd, mab y Parchedig David Evans o'r Dolau. Roedd y tad yn flaengar iawn yn neffroad ysbrydol y ddeunawfed ganrif ond am y mab — wel, roedd hwnnw'n bendant ar y goriwaered. Yn ôl *Seren Gomer* roedd Dafydd druan wedi ymroi'n llwyr 'i'r oferedd o ddawnsio a chwarae cardiau, ac yr oedd ei ymlyniad wrth y drygau hyn gymaint fel yr aethai filltiroedd oddi cartref trwy dywyllwch nos i'w ceisio.' Mae'n od fel mae'r olwyn yn troi o un genhedlaeth i'r nesaf. Ond fe ddaeth tro crwn hollol yn hanes Dafydd; cafodd yntau dröedigaeth a dilyn ei dad yn weinidog. Ac yn ôl pob hanes creadur digon llym oedd Dafydd yn disgyblu ei braidd yn galed iawn. Fe'i dysgodd fod rhoi arian cochion yn y casgliad yn anweddus — arian gwynion amdani bob tro!

Dichon fod meibion y Mans (a rhai o'r merched hefyd) yn gweld amgenach drygioni heddiw na dawnsio a chwarae cardiau. Mae yna demtasiynau go fawr bellach yn enwedig yn nyddiau coleg. A dyna i chwi'r Apostol Paul eto yn sôn fel y dylai'r esgob allu llywodraethu ei dŷ ei hun. Efallai fod aml i hen weinidog wedi bod yn ymresymu'n orffwyll, 'Wel ia, doedd gan yr hen greadur ddim plant, na gwraig chwaith o ran hynny. Efallai y buasai'r apostol wedi bod yn haws ei drin petai ganddo hanner dwsin o gnafon bach eisiau'r togas o'r ffasiwn ddiweddaraf i'w gwisgo i fynd i yfed medd yn y gyfeddach ar ôl y rasys siariot.' Pwy a ŵyr?

Parhaed yr hil. Onid y ni yw pendefigaeth y Gymru fodern?

S.L.

Ni bu gorff mwy di-orffwys—ni bu lais
A'i ble'n fwy diamwys;
Ei wlad oedd ei baradwys
A thynged iaith ei ing dwys.

James Arnold Jones

Gwyddfid

Beth yw'r hudol ffiolau—ar uchaf
Y gwrychoedd a'r cloddiau?
Tw prid y gwyddfid sy'n gwau
Nef—aroglus firaglau!

J. T. Jones

45

Tair Cerdd ar Ryfel y Culfor

CADEIRIO GWYNN AP GWILYM
Prifardd Abergwaun

1. HOGIAU

Mi wylais dros ffawd milwyr:
Hogiau'n dwyn eu gynnau dur.
Gynnau eu teganau gynt,
Gynnau i waedu'r gwan ydynt.
I filain dir fel ŵyn dônt,
I bau nas adnabuont.

Hogiau a wêl danciau'n deg
Yn anwylo'u technoleg.
Hogiau'r brag a'r rhegi a'r brol,
Efrau'u haf anghyfrifol.
Treiswyr na ŵyr eu traserch
Hidio mam na 'nabod merch.

Hogiau'n gynt na'r gwynt i'r gad
I ymladd dros bob mamwlad.
Hogiau ar hald mewn gwroldeb:
'Nid ŷm ni yn ofni neb'.
Hogiau'n gyrff is gynnau gwŷr:
Mi wylais dros ffawd milwyr.

2. GENETHOD

Ffei o'r cledd sy'n cyffroi clod
Ac yn nithio genethod;
Un llawn hoen yn llawenhau,
Un rhy ddig ei harddegau.
Anamlwg yw deunawmlwydd
Un ddi-blant sydd yn weddw blwydd.

Ddoe'n rhaeadr o gariadwraig,
Heno yn rhith o hen wraig.
Llances nad yw ei llencyn
Ond llais o fideo, a llun.
Abled oedd yn cablu'i dâl,
Ond pres mud yw pres medal.

Ac os bydd, rhyw ddydd a ddaw,
Un a'i dena o'i deunaw
Blwydd o gur, bydd blaidd y gad
Yno'n chwarae â'i chariad.
Nod uchel pob rhyfelwr
Yw arch goed rhwng merch a'i gŵr.

3. HENWYR

Y tir lle'n llysnafedd tew
Y rholia'r môr o olew,
Ni fu'n werth un dafn o waed
Gŵyr ieuainc. Trugarhaed
Duw yr hedd wrth eu bedd bas.
Nid dyrnau yw grym teyrnas.

Os wyt hen, na yrr i'r stanc
Yr awen sydd i'r ieuanc.
A yrr i fedd a gâr fyw,
Cadfridog cadair ydyw.
Hwy, y tirf, yw prae terfysg;
Yn rhwyd poen, freued y pysg.

Ni ddaw i neb fudd yn ôl
O'n malurio milwrol.
A dywallt waed i wellt ir
A'i gyrr undydd yn grindir.
A wna'r gwir yn anwiredd
A estyn wae Crist ein hedd.

47

Ar bererindod i Canberra

Un mlynedd ar bymtheg yn ôl pan oeddwn yn byw ym Mhorthmadog nid oeddwn erioed wedi crwydro ymhell y tu allan i Brydain. Ond daeth tro ar fyd. Wedi i mi adael yr ardal yn 1979 cefais gyfle i ymweld â nifer o wledydd tramor; Ffrainc, cymuned enwog Taize, Tanzania yn nwyrain Affrica, Los Angeles yn ne Califfornia yn Unol Daleithiau America a Chanberra yn nwyrain Awstralia.

Yn rhyfedd iawn y mae i'r ddau le olaf hyn enwau Cristnogol. Y mae LOS ANGELES yn cyfeirio ein meddyliau at 'ddinas yr angylion' ac AWSTRALIA at ynysoedd yr Ysbryd Glân yn ne Asia. Yn sicr yr oedd dylanwad Cristnogaeth yn drwm iawn ar y rhai a ddarganfu'r dinasoedd a'r gwledydd hynny. Pobl ar bererindod oeddynt yn chwilio'n ddyfal am wledydd a chyfandiroedd newydd er ymestyn ymerodraethau y byd gorllewinol.

Cefais innau brofiad nid annhebyg (er nad gyda'r bwriad o ymestyn ffiniau unrhyw ymerodraeth ddaearol chwaith) ym mis Chwefror 1991. Cyfle ydoedd i ymweld â Canberra a oedd dros dro yn brifddinas Cyngor Eglwysi'r Byd. Dyma rai argraffiadau a gofnodwyd ar y pryd.

*   *   *   *

Wrth hedfan uwchben Rwsia ar y ffordd i Canberra a Sydney, naturiol ddigon yw myfyrio am ychydig ar y cyfandir helaeth sydd yn ein hwynebu fel aelodau o Gynghrair Cyngor Eglwysi'r Byd. Rhoddwyd yr enw 'Awstralia' ar y wlad newydd hon gan un o'r enw Pedro de Quiros, brodor o Bortiwgal, yn yr ail ganrif ar bymtheg, pan dybiodd ei fod wedi canfod 'Deheudir yr Ysbryd Glân' *(Australia de Espirito Santo)*. Gwlad yr Aborigini oedd hi — y bobl gyntaf i etifeddu'r cyfandir, a hwy oedd y rhai a gyfarfu'r Capten Cook ar ddechrau'r ddeunawfed ganrif.

Yr adeg honno hefyd dechreuwyd anfon carcharorion i'r wlad o Brydain ac, yn ddiweddarach daeth ymfudwyr yno yn ceisio ffortiwn o gloddio am aur. Ond yn ôl y traddodiad, pobl frwnt a chreulon eu natur oeddynt nad oeddynt yn parchu diwylliant nac ysbrydolrwydd cynhenid yr Aborigini. Dyma ddiwylliant a oedd mor wahanol a dieithr i'r un y perthynai'r troseddwyr a'r ymfudwyr Prydeinig iddo, er mor grefyddol Gristnogol eu daliadau. Yr oedd hyn, wrth gwrs, yn peri peth syndod i'r Aborigini, a oedd mor deyrngar i'w hysbrydolrwydd a'u hamgylchedd.

Credai'r Aborigini mai rhodd Duw iddo oedd y greadigaeth o'i gwmpas. Ond bu tro ar fyd, ac yn ystod y ganrif a hanner a aeth heibio datblygodd y troseddwyr a'r ymfudwyr yn bobl a ddaeth yn asgwrn cefn y gymdeithas newydd. Cenedl Brotestannaidd ronc oedd hon, yn enwedig mewn dinasoedd fel Sydney. Ond yr oedd yma hefyd boblogaeth Gatholig gref mewn rhai mannau. Tasg anodd oedd ymgais ar ran y rhain i gyd-fyw. Yn araf datblygodd y Cyfandir — yn y dinasoedd, y trefi a'r wlad mewn cymod, gan greu dull ffederal o wleidydda. Yn wir, y mae dinas newydd Canberra yn cynrychioli canolfan lywodraethol ffederal Awstralia'r ugeinfed ganrif. A hi roddodd gartre' i Gymanfa Cyngor Eglwysi'r Byd yn 1991.

Yr oedd y Gymanfa yn fynegiant byw o wahanol draddodiadau Cristnogol. Cyfle ydoedd i'r Eglwysi ddod wyneb yn wyneb â thraddodiadau ei gilydd, i ymgyfathrachu a chyd-drafod yn agored.

Agorwyd y Gymanfa drwy gyd-addoli mewn pabell enfawr ar lawnt Coleg Cenedlaethol Prifysgol Canberra ar 7 Chwefror. Dyma amgylchiadau godidog, gyda llwyth yr Aborigini yn rhoi croeso trwy buro'r awyrgylch â thân. Wedi'r agoriad hwn ar lafar ac ar gân, dechreuodd y gwaith o drafod ac astudio. Yr oedd yn bresennol 826 o gynrychiolwyr eglwysig: 892 o aelodau eraill; 1,000 yn cynrychioli'r wasg fyd-eang, a 500 o ymwelwyr gwahanol bob dydd o eglwysi Awstralia. Mewn gwirionedd yr 826 cynrychiolydd eglwysig oedd y rhai â hawl ganddynt i bleidleisio ac i wneud penderfyniadau.

Prif waith y Gymanfa oedd:
—rhoi arweiniad i'r Cyngor ynglŷn â gwaith y dyfodol.
—ethol llywyddion ac enwebu Cyngor Canolog (150 aelod) a fydd yn cyfarfod unwaith y flwyddyn.
—penderfynu ar agwedd y Cyngor tuag at faterion mawr y dydd. Un o'r rhain, yn naturiol ddigon, oedd Rhyfel y Culfor. Penderfynwyd ar agwedd gymodlon a bugeiliol ar y mater hwn, gan alw am heddwch cyflawn a rheolaeth ar y defnydd o arfau.

Y brif thema oedd: 'Ysbryd Glân cynnal dy greadigaeth, Ysbryd y Gwirionedd rhyddha ni: Ysbryd Undeb, cymoda ni; Ysbryd Glân, newid a sancteiddia ni.' A dyma faes ein trafodaeth a'n gweddïau yn ystod deng niwrnod y Gymanfa.

Un o'r ffactorau a oedd yn creu argraff ar y Gymanfa a'i thrafodaethau oedd presenoldeb yr Aborigini a dyfodol y diwylliannau lleiafrifol yn ein byd. Pwysleisiwyd hefyd fod y brodorion hyn yn Awstralia yn byw mewn mannau diarffordd, a bod y syniad o fyw mewn lle anghysbell ac mewn diffeithwch wedi cael gafael arnynt. Felly, lliwiwyd ein trafodaethau gan y syniad hwn o le, gofod (*space*). Yn naturiol wedyn, yr oedd yn rhaid cael cyfle i drafodaeth ar le merched (*woman space*) a phwysigrwydd heddwch (*peace space*).

Ond heb os, pwysigrwydd cyntaf y Gymanfa i mi oedd y cyfle i ailystyried lle'r Cristion a'r Eglwys yn y byd sydd ohoni. Yn sicr hefyd yr oedd yr amrywiaeth aelodaeth a thraddodiad yn ehangu gorwelion a chyfeillgarwch. Y mae lle pwysig i *gyfeillgarwch* mewn cenhadaeth.

Yn ail, roedd consárn nid yn unig am undeb a chymod rhwng pobl ond hefyd am gymod o fewn y greadigaeth a'r pwysigrwydd o ddeall mai rhodd Duw trwy Iesu Grist yw'r greadigaeth. Beth yw ein gorchwyl ni fel eglwyswyr a Christnogion wrth geisio ymuno â Duw yn ei ail greadigaeth o'r bydysawd (*y cosmos*)? Fe'n hanogwyd i feddwl yn ddyfnach am y thema *Cyfiawnder, Heddwch a Hygrededd y Greadigaeth* (J.P.I.C.).

Yn drydydd, atgoffwyd ni gan ferch o ddiwinydd o Korea pa mor bwysig yw cymryd agwedd bositif tuag at ddiwylliant. Fe soniodd hi am y pwysigrwydd o gymryd agwedd gadarnhaol — sef agwedd diwylliant bywyd yn hytrach na diwylliant marwolaeth — tuag at yr holl greadigaeth a bywyd yn gyffredinol.

Ie, cyfle oedd hwn i'r eglwysi ddod wyneb yn wyneb â chwestiynau mawr y byd cyfoes, nid er mwyn goleuo pobl y byd — ond er mwyn dyfnhau'r Ffydd a'r Efengyl a dderbyniasom ni fel Cristnogion.

Dydd Iau - y dydd agoriadol

Profiad gwefreiddiol oedd bod yn bresennol yn y gwasanaeth agoriadol. Cyfraniad yr Aborigini yn drawiadol, a'r syniad o dân y tu allan i'r babell yn puro'r awyrgylch — fel yr Ysbryd Glân yn puro. Pregeth gan yr Esgob Syr Paul Reeves o Seland Newydd — esgob o'r traddodiad Maori — yn afaelgar dros ben.

Dydd Gwener - ail ddydd y Gymanfa

Diwinydd o Korea yn cyflwyno darlith ar yr Ysbryd Glân mewn ffordd eithaf dychmygus trwy ddefnyddio dawns, ac yn pwysleisio gwirionedd mawr ein ffydd yn yr Ysbryd Glân, gan sôn am yr Ysbryd Glân fel nerth sy'n gweithio trwy ddiwylliant bywyd (*the culture of life*) yn hytrach na thrwy ddiwylliant dioddefaint a marwolaeth (*culture of suffering and death*). Diwinyddion yr Eglwysi Uniongred yn anhapus ac yn gofyn onid yw hyn yn ein harwain i ffwrdd oddi wrth y ddiwinyddiaeth draddodiadol ac uniongred at ddiwinyddiaeth *syncretig* (dull o feddwl sy'n cyfuno sawl crefydd). Ond tybed nad y gwirionedd yw fod yn rhaid i Gristnogaeth hefyd ymgnawdoli mewn gwahanol ddiwylliannau i fod yn ddealladwy a pherthnasol?

Dydd Sadwrn

Heddiw profiad gwefreiddiol arall. Pererindod Heddwch trwy ddinas Canberra yn gorffen gyda noson o weddi ac ympryd. Yr oedd hyn yn pwysleisio nad mater o drafod yn unig yw heddwch ond hefyd mater o weddïo.

Dydd Sul

Gwasanaeth Cymun y Gymanfa yn null trefn Lima. Pawb yn ymuno mewn diolchgarwch am 'fawrion weithredoedd Duw trwy Iesu Grist'. Yn ddiweddarach, pawb yn ymgynnull ar fin nos mewn maes agored yn Canberra ar wahoddiad eglwysi Canberra, i ddathlu presenoldeb y Gymanfa dan 'Groes y De'. Cyflwyno'r Ffydd unwaith eto mewn ffordd ddychmygus. (Tybed nad yw cyflwyniad fel hwn i'w gymeradwyo i Ŵyl Glyn Ebwy?)

Dydd Llun

Taro yn ddiarwybod heddiw ar Raymond Fung — awdur y cylchlythyr misol ar efengylu, llythyr sy'n cyflwyno syniadau a phrofiadau llawer o eglwysi a chynulleidfaoedd ar efengylu. Rhoddodd ar ddeall imi yr hoffai dderbyn mwy o lythyrau o Gymru yn sôn am brofiadau'r eglwysi yma. Soniais wrtho y buaswn yn crybwyll y mater wrth Swyddog Efengylu yr Eglwys yng Nghymru.

Dydd Mawrth

Cyfle heddiw i gyfarfod â darpar Archesgob Caergaint — yr Esgob George Carey. Roedd y Gymanfa yn brofiad newydd iddo ef hefyd fel ag i eraill ohonom. Soniodd amdano'i hun fel adeiladydd pontydd (*pontifex*) â Christnogion eraill ac â rhai nad ydynt Gristnogion. Roeddem hefyd, meddai, 'megis pererinion yn y Ffydd yn ymchwilio trwy weddi am arweiniad goleuni'r Ysbryd Glân — rhoddwr bywyd, rhoddwr cymod a rhyddid.'

Dydd Sadwrn

Digwydd cyfarfod heddiw wrth fwrdd cinio â dau fyfyriwr, y naill o ddwyrain yr Almaen a'r llall o Tsiecoslofacia. Y ddau gyda stori debyg o brofiad o gael eu hamddifadu o werth bywyd hyd yn oed o dan oruchwyliaeth newydd mewn dwy wlad a oedd wedi derbyn rhyddid newydd. Cyffwrdd ag un o brif themâu'r Gymanfa, sef llygredd bywyd a difodiant agweddau o'r amgylchedd. Y ferch yn dweud wrthyf fod yr awyr mor afiach gartref yn Berlin fel ei bod yn hyfryd mwynhau awyr ffres ac iach y deheudir. Yn wir, yr oedd mor iach fel y cafodd ddiffyg ar ei chalon am rai dyddiau wedi cyrraedd Awstralia.

Dydd Mawrth

Dydd derbyn eglwysi Tseineaidd dan arweiniad yr Esgob Tiang. Coffa da amdano yn ymweld â Chymru yn 1982. Erbyn hyn y mae'r arweinwyr yn Tseina wedi derbyn hyder newydd trwy gyfathrach agored â Chyngor Eglwysi'r Byd. Yr Eglwysi i gyd yn llawenhau yn y datblygiad hwn ac yn frwd eu croeso.

51

Dydd Mercher

Dydd Mercher Lludw. Profiad hollol newydd — dydd Mercher Lludw, a dechrau tymor y Grawys yng nghanol haf, a'r tymheredd bron yn 90 gradd ffarenheit. Gwasanaeth dychmygus unwaith eto gyda help plant o lawer gwlad a oedd yn gwersylla gerllaw o dan nawdd Cyngor Eglwysi'r Byd. Cyflwyno thema edifeirwch gyda hyder, a'r cyfan yn cael ei gloi drwy daenellu lludw a gofyn i Grist am faddeuant a gollyngdod o'n pechodau.

Cofio

(Nadolig 1989)

Hola hiraeth am Lowri,—drwy ei hoes
   Bu yn driw iawn imi;
   Gwelw iawn yw'r Dolig 'leni,
   Mae'n oer heb ei chwmni hi.

Bu mewn côr yn clodfori—enw Duw,
   Gwrandawr ei gweddi;
   Rhodd hardd oedd ei ffeindrwydd hi
   A gem odidog imi.

Wedi'r daith, fe aeth weithion—i fro'r hedd
   Gan fawrhau'i bendithion
   A chael, i loywi'i chalon,
   Gord aur yr addolgar dôn.

Henaint ni ddaw i'w blino—na gwewyr
   Gaeaf i'w chystuddio
   Canys mae'n ieuanc yno,—
   Mae'n awr yn Ei gwmni O.

Drwy rin y fodrwy honno—yn Nhŷ Dduw
   Dedwydd oedd ein rhwymo;
   Diolchaf, cadwaf mewn co'
   Y wên nes daw'r ail-uno.

J. H. ROBERTS (MONALLT)

Allwedd

O gael hon daw goleuni, i'n harwain
    O gyrraedd y drysni;
  Ni cheir ateb gwir hebddi,
  Canfod yw ei hanfod hi.

Gweddi

Caiff pechadur dosturi, ac eli'r
    Galon trwy daer weddi;
  Glew y Groes a glyw ei gri,
  A'i alar a dry'n foli.

Ofn

Fe chwâl, â'i gledd, ein hedd ni, hwn a dyrr
    Y dewraf o'r cewri
  Os mawr yw ei loes i mi
  Ynof y bu ei eni.

Trawsfynydd

Bro alaw noson lawen, a hiraeth
    Am 'Arwr' a'i awen,
  Ond llwch sy'n bygwth gwlad llên
  A nwy erch ei thywarchen.

Marina

Wlad annwyl, paid ag wylo, o fyned
    Dy iaith fwyn yn ango';
  Onid braint i nychdod bro
  Yw gwych wâl i gwch hwylio?

Beddargraff Ffarmwr

Y dyn efo'i draed o dano, a'i bunt
    Yn y banc yn chwyddo;
  O'i hun ni ddaw dihuno
  Gan fref, na llef yr un llo.

MERFYN WILLIAMS

Gweledigaethau'r amgylchedd

A ddarlleno, ystyried;
A ystyrio, cofied;
A gofio, gwnaed;
A wnel, parhaed.

Yn ddiweddar, cefais y fraint o gael bod yn berchennog ar argraffiad cain 'Cyfeillion Ellis Wynne' o'r *Gweledigaetheu* ac achubais ar y cyfle i ail-ddarllen y clasur hwnnw o'r ddeunawfed ganrif. Cefais, hefyd, y profiad cyffrous o weld Theatr Bara Caws yn perfformio cyflwyniad o waith y Bardd Cwsg heb fod yn bell o'i gartref, Y Lasynys.

Ond wrth ddarllen a gweld dehongliad o'r *Gweledigaethau*, yn ogystal â thystio i ganlyniadau cwympo i demtasiynau'r byd cefais fy nghyflyru i feddwl ar drywydd arall. Er bod y trywydd hwn yn ymddangos ar yr olwg gyntaf yn hollol wahanol teimlais yn gryf bod cyffelybiad i'w wneud rhwng y thema hon a thema Ellis Wynne, yn enwedig yng ngoleuni ei eiriau agoriadol a welir ar ben yr ysgrif hon. Cyfeirio yr wyf at 'Yr Amgylchedd'.

Y mae 'mater yr amgylchedd' yn dwyn llawer iawn o sylw y dyddiau hyn ac efallai y cynhwysir yn y mater hwn lawn cymaint o beryglon ag arteithiau 'Uffern' y Bardd Cwsg. Siawns nad ydym i gyd yn ymwybodol i wahanol raddau o'r cwestiynau sydd yn codi ynglŷn â'r amgylchedd. Rydym i gyd yn ysgwyd ein pennau'n ddoeth dros ben wrth glywed am effeithiau glaw asid, bylchau yn yr haenen oson, dinistrio'r coedydd trofannol a nifer o fygyth-iadau byd-eang eraill i iechyd ein daear. Yn nes adref cawn ein cyffwrdd mewn rhyw ffordd neu'i gilydd gan ddadleuon 'cadwraeth' ac, unwaith eto, cawn borthi 'mysg ein gilydd ar bethau fel gwerth planhigyn prin neu ddiogelu golygfa a thirlun.

Er hyn oll rhaid i mi gyfaddef fy mod yn amau i ba raddau y deëllir 'yr amgylchedd' mewn gwirionedd. Amau yr wyf bod y gair ynddo ei hun, bellach, yn or-lwythog o ddelweddau sy'n sbarduno ein dychymyg i bob math o gyfeiriadau. Ar ben hynny, y mwyaf o ddefnydd a wneir ohono lleia o ystyr sydd yn perthyn iddo.

Sbardunwyd fy nychymyg innau hefyd gan y gair 'amgylchedd' ond yng nhyd-destun anogaeth Ellis Wynne. Felly, ymgais sydd yma i ddefnyddio'r cyflwyniad uchod i dreiddio i gnewyllyn y mater a gofyn beth, yn union, yw'r cysyniad sydd wrth wraidd y gair 'amgylchedd'.

Llun: E. Breeze Jones

Y LAS YNYS

A ddarlleno . . .

Rydym i gyd yn darllen Cymraeg ac o leiaf un iaith arall ond sawl un, tybed, sydd yn gallu darllen yr amgylchedd? Pa fath o 'ysgrifen' a berthyn iddo ac, yn wir, onid yw'n berchen ar nifer o wahanol fathau o ysgrifen?

Ar un lefel gellir dweud bod angen arbenigwyr i ddarllen rhai o'r ysgrif-eniadau hyn — galwn ar y daearegwr i ddeall creigiau, y daearyddwr i ddeall ffurfiau ffisegol, y biolegydd i adnabod planhigion ac anifeiliaid. Rhaid ystyried hefyd amgylchedd y gorffennol gan alw ar yr archaeolegwr i'w ddadansoddi a'r hanesydd i ymhelaethu. Y mae y rhain i gyd yn sylfaenol bwysig i'n dealltwriaeth o'r byd o'n cwmpas — rhain yw'r prif nodweddion sydd yn creu 'cymeriad ardal'. Ond, mewn difrif, gweithio ar yr wyneb y maent. O ddwyn geiriau J. R. Jones yn ei lyfr *Prydeindod*, rhan o'r ysgrifen 'weithredol' ydynt. Allanolion ydynt mewn gwirionedd. Perthyna i'r am-gylchedd ysgrifen arall — ysgrifen llawer amgenach a dyfnach na'r rhai uchod. Ysgrifen 'crynswth yr amgylchedd' yw honno, sef ein hymateb unigol i'n hamgylchedd. Er ein bod i gyd yn ei deall i ryw raddau, efallai nad oes deall llawn i fod arni. Yng ngeiriau T. H. Parry Williams,

> Nyni sy'n gorfod sylweddoli'n glir
> Mai cyfyngedig yw'n cyneddfau oll,—
> Nyni, yr hanner duwiau, llwch y llawr
> Ni wyddom sut i fesur bach na mawr.

Ond y sialens i ni yw ymdrechu i'w darllen a'i gwerthfawrogi nid fel ysgrifen bersonol ond fel rhan o'n hetifeddiaeth fel Cymry. Dyma yw 'cydymdreiddiad tir ac iaith' a ddisgrifiodd J. R. Jones wrth ddyfynnu o waith Fichte.

> Clymwyd y rhai a sieryd yr un iaith â mil o glymau dirgel gan natur ei hunan, ymhell cyn bod dechrau ar ddyfais a chelfyddyd dyn. Y maent yn deall ei gilydd — yn gymundod cyfathreb — ac, wrth natur felly, yn un bychanfyd afranadwy.

A ystyrio . . .

Waeth sut y disgrifiwyd ffurfiau y byd o'n cwmpas, boed naturiol neu ddynol, fel allanolion ynddynt y ceir y negeseuon sydd yn cyfrannu tuag at, ac yn rhan, o 'gydymdreiddiad tir ac iaith'. Dywed ysgrifen yr allanolion lawer amdanom fel pobl a chymdeithas. Dengys y pethau a drysorir gennym ni yn ein hamgylchedd yr hyn sydd yn bwysig i ni. Y maent yn arwyddocaol iawn o'r ddelwedd sydd gennym ohonom ein hunain a'r ddelwedd yr hoffem ei chyflwyno i eraill.

Ystyriwn yr allanolion a gedwir gennym. Dywed y gwyddonwyr wrthym fod rhaid cadw pob math o rywogaethau a gwahanol fathau o gynefinoedd. Diolch am y bobl hyn — fe fuasai'r byd yn llawer tlotach heb eu gwarchodaeth. Dywed haneswyr wedyn ac 'arweinyddion ein cymdeithas' wrthym am gadw dewis o bethau fel cestyll, plasau ac olion cyfanheddau eraill.

Beth yw ystyr y rhain i gyd? Siawns nad oes gan bobl lu o wahanol ymatebion wrth sefyll ger mur rhyw gastell neu blas? Pa deimladau gwahanol a brofir wrth grwydro yng 'nghynefin y carlwm a'r cadno'? Beth yw gwir ystyr gweundir a choedlan, tyddyn a phentref?

A gofio . . .

Yng Nghymru mae'r cof yn bwysig — nid cof yr unigolyn ond cof y gymuned. Trwy y cof hwnnw yr adnabyddwn ein hunain ac yng Nghymru y mae'r cof hwnnw ynghlwm wrth y Gymraeg. Gwir yw dweud i eraill ddwyn llawer o'r allanolion oddi wrthym ac, yn aml, ymddengys mai gwerthoedd pobl eraill a gaiff y gofal yn ein gwlad. Pwy oedd berchen y castell a'r plas? Ar gyfer pwy y cadwyd y grug a'r gwyllt? Ond ni allent ddwyn ein hiaith — ei difa efallai ond nid ei dwyn. Serch hynny, cofier proffwydoliaeth yr hen ŵr o Bencader sydd yn diweddu llyfr Thomas Jones ar Gerallt Gymro:

ac nid unrhyw genedl arall, fel y barnaf, amgen na hon o'r Cymry, nac unrhyw iaith arall, ar Ddydd y Farn . . . a fydd yn ateb dros y cornelyn hwn o'r ddaear.

A wnel, parhaed . . .

Yn raddol, y mae'r Cymry yn dwyn yr allanolion yn ôl. Er mor amherffaith ydynt, cyrff Cymreig, boed yn awdurdodau lleol neu genedlaethol, sydd â gofal bellach am lawer o agweddau ar amgylchedd ein hardaloedd. Ac y mae eu cyfrifoldeb yn fawr oherwydd ardaloedd ydynt lle mae plethiad yr amgylchedd naturiol a dynol wedi llywio teithi meddwl y trigolion i lunio diwylliannau gwahanol a chreu etifeddiaethau arbennig.

Ond, arnom ni, deiliaid yr ardaloedd hyn y syrth y cyfrifoldeb dros yr amgylchedd. A dyfynnu Ieuan Wyn:

> Mae i dir ei rym di-wad
> Mae i'w linach ymlyniad.
> Erys i'w dras drwy ei hiaith,—
> Cyfannedd y cof uniaith . . .

a'n prif swyddogaeth yw diffinio ac ailddiffinio'n barhaol berthynas pobl â'r amgylchedd. Gwneir hyn drwy iaith a llenyddiaeth, drwy gadw adeiladau a gofalu am diroedd arbennig ond, yn bennaf oll, drwy fyw a bod yma,

> Beth yw'r ots gennyf fi am Gymru? Damwain a hap
> Yw fy mod yn ei libart yn byw. Nid yw hon ar fap
>
> Yn ddim byd ond cilcyn o ddaear mewn cilfach gefn . . .

Ond dyma ein tynged—

> Ac mi glywaf grafangau Cymru'n dirdynnu fy mron
> Duw a'm gwaredo ni allaf ddianc rhag hon.

Eithr wrth i ni barhau i ddiffinio ac ailddiffinio perthynas pobl â'r amgylchedd, fe ddown i sylweddoli beth yn wir yw'r amgylchedd. Nid rhywbeth 'allan yn fanna' ydyw, nid yw tu fry na thu obry ond oddi mewn i ni. Nid y tirlun, y tyfiant, yr olion cyfannedd yw cnewyllyn y mater ond y berthynas, y cwlwm sydd rhyngom ni a'r 'cilcyn o ddaear'. Yn y broses o'i ddiffinio a'i ailddiffinio fe ddown yn un â'r amgylchedd.

Arnom ni, Gymry, y disgyn y 'gwneud' a'r parhau i 'wneud' y berthynas unigryw hon fel ein cyfraniad ni i ddinasyddiaeth y Byd — nid am ei bod yn well na gwaeth nag unrhyw un arall ond am ei bod yn hynod i'n hardaloedd ni. I gloi *Gweledigaetheu'r Bardd Cwsg* cafodd y Bardd weld yr erchylltra mwyaf, sef y Gawres dair-wynebog, Pechod. Yr hunllef fwyaf i ni yn ein 'Gweledigaethau'r Amgylchedd' fuasai colli cwlwm tir ac iaith. O golli hwnnw ni fuasem mwyach yn gallu darllen yr amgylchedd ac ni fuasem mwyach chwaith yn parhau fel Cymry. Ystyriwn a chofiwn yn wir.

Tair cerdd

Y SWPER OLAF

Gwthiodd o'r neilltu y bygwth a'r gofid,
a threfnu manylion y ble a'r sut,
a'u cyflwyno iddynt
yn anrheg olaf.

Fe'u lapiodd
yn nhywel ei gariad
a'u bwydo a'u disychedu
o'i gythlwng.

A'r wobr?
Dim, os na chyfrir
y gafael am funud
mewn dwylo cynnes, gwan,
a'r gobaith y byddai'r rhodd
rywbryd
yn fodd i droi
plant
yn ddynion.

PAN DDAETH

Lôn gul a'i llenni gwyrdd
Yn celu syndod
Y dadorchuddio.

Yna . . .
Llŷn ar lwyfan gwyrdd—
llifolau'n sugno lliw o
rug, dôl a pherth.
Ninnau'n syllu o'r groglofft
ar gynhyrchiad newydd
o ddrama gyfarwydd.

Ond . . .
Pylodd y golau a cheulo'r lliw;
esgynnodd tawch gan nadreddu
drwy'r set—
arogldarth hen allorau,
a llwydni eonau pell.

Fe'n llusgwyd yn rhan
o ddrama ddieithr.
Yn ymgordeddu'r niwl
roedd y creu anniddig-orffwyll
a'r hela diarbed.

Cilio wnaethom o theatr arswyd
tua thre
i hulio bwrdd
a bugeilio tân.

Y GAIR YN Y GARREG

Fe erys y gair yn y garreg,
Ffosiliwyd cân yn y maen;
Gafael mae'r pridd mewn sillafau
A'u cadw yng ngharchar y gwraidd.

Gwan yw cŷn y crebwyll,
Plygu mae ebill co,
Dim ond y fellten fympwyol
All ddatod y clo.

'Tylluaneitus'

Clywais wragedd cyfeillion yn cwyno droeon mai afiechyd ydi adarydda. Clwy', meddir sy'n peri i wŷr rhesymol a chyfrifol, ruthro ar fyr rybudd i bellafoedd anghysbell i gael cipolwg ar aderyn bychan llwydaidd a gipiwyd ar bwff o wynt efallai o unigedd Siberia bell.

Myn fy mhriod wedyn mai'r ffurf waetha ar y clwy yw 'tylluaneitus' ac y mae'n rhaid i mi gyfaddef bod peth gwirionedd yn yr haeriad. Mae'n cychwyn, gan amlaf, ym more oes ac erbyn y canol oed mae'r sumtomau yn boenus o amlwg. Chwedl hithau, mae'n hawdd adnabod y gwir ffanatig. Gwelir lluniau tylluanod o bob math ar barwydydd ei gartref ynghyd â llu o ddelweddau a chreiriau tylluanaidd eraill ym mhobman drwy'r tŷ, pethau fel pot pupur a chanddo ben tylluan, clepar drws ar ffurf tylluan neu ddwrn procer ar siâp yr un aderyn!

Rhaid i mi gyfadde' hefyd 'mod i wedi cario'r obsesiwn i'r eithaf ambell dro, petai ddim ond yn achos y cwpwrdd gwydr acw. Mae'n orlawn o fodelau o dylluanod wedi eu casglu o wahanol wledydd ar hyd a lled y byd. Mae ynddo rai pren, rhai metel, rhai o gŵyr, rhai papur, rhai grisial, hyd yn oed un siocled a lwyddodd i wrthsefyll grym y gwres canolog heb sôn am ddannedd melys rhai aelodau o'r teulu, dros y blynyddoedd.

Yn anffodus, i'r tylluanwr pybyr, dim ond pum rhywogaeth sy'n magu yma yng Nghymru, nifer fechan iawn o gofio bod tua 130 o rywogaethau i gyd, ledled byd felly. Ac nid gorchwyl hawdd yw cael golwg ar ein tylluanod Cymreig canys y mae pedair rhywogaeth yn llawer mwy cartrefol liw nos. Dim ond y Dylluan Glustiog sy'n hela'n gyffredin liw dydd. Yn lleol, fe'i gwelir yn sefyll ar bolyn ffens hwyrach yn unigedd y Migneint yn y gwanwyn, neu'n hela'n ddiwyd ar derfyn ha' ar Forfa Harlech. Ar gyfrif y ddau lygad mawr sydd ganddi mae'n ymdebygu i'r wyneb dynol. Nodwedd arall sy'n ei dynodi yw'r galwadau, yr hwtian a'r sgrechiadau, y medrir eu dynwared mor rhwydd.

Y pig bachog a'r crafangau miniog sy'n gosod label yr aderyn ffyrnig, ymosodol arnynt, eithr dim ond un o'r teulu, y Dylluan Frech, sy'n codi ofn, ambell dro, ar ddyn. Fe fydd hi yn barod iawn i ymosod yn ddisymwth ar rywun a fydd yn ddigon rhyfygus i fynd yn agos at ei nyth. Yn wir collodd un ffotograffydd adar enwog lygad un tro pan ymosodwyd arno gan grafangau'r Dylluan Frech. Byddaf yn gwisgo helm o wifren rwyd i'm diogelu rhag ymosodiadau o'r fath os digwyddaf fod yn agos i'w nyth a hithau wedi nosi.

Llun: E. Breeze Jones

Tylluan Frech ar ei ffordd i fwydo'i chywion

Y drydedd o'r criw Prydeinig yw'r Dylluan Gorniog er mai ychydig iawn a welais arni yng Nghymru hefyd. Dyma'r dylluan sy'n troi allan i hela am ei thamaid ym mherfeddion nos. Welais i 'rioed mohoni yn Eifionydd. Nid cyrn sydd ganddi mewn gwirionedd ond dau dusw o blu ar ei thalcen.

Y bedwaredd, y Dylluan Fach, yw'r lleiaf o'r teulu Cymreig — a'r olaf hefyd i gyrraedd ein gwlad. Fe'i cludwyd yma o wledydd Gogledd Ewrop yn y blynyddoedd cyn y Rhyfel Byd Cyntaf a'i sefydlu ar rai o'r stadau mawr yn Lloegr. Bu'r rhyfel yn fendith iddi gan fod cymaint o wŷr ieuanc ar y pryd yn y fyddin. O'r herwydd cafodd gyfle i gartrefu a lledaenu drwy'r wlad. Erbyn 1925 ceir hanes amdani mewn mannau mor amrywiol ag Aberteifi a Thrawsfynydd.

Gadewais y bumed, y Dylluan Wen hawddgar, tan yn olaf. Dyma'r aderyn, amser a fu, oedd yn tarfu ar gwsg cenedlaethau o weision yn y llofft stabl ac a fu'n aderyn corff i beri dychryn i'n teidiau yng nghefn gwlad. Yn anffodus ni allodd ymgodymu â pheryglon a bygythiadau ein hoes ac ers hanner canrif, edwino a phrinhau fu ei thynged.

*   *   *   *

Bu llygod yn elfen bwysig fel cyfrwng ymborth a chynhaliaeth ein tylluanod erioed ac y mae eglurhad chwedlonol i hynny. Clywsom oll y stori am yr adar yn dewis fel eu brenin yr un a allai hedfan uchaf ac fel y cawsant eu twyllo gan y dryw am iddo deithio ar gefn eryr. Eithr, ceir fersiwn arall yn rhai o wledydd y cyfandir mai cystadleuaeth go wahanol ydoedd ac mai'r un a lwyddai i suddo isaf a fyddai'n etifeddu'r goron. Ymgripiodd y dryw, yn ôl y chwedl i dwll llygoden fach, a byth er hynny, swyddogaeth y dylluan fu gwylio'r fynedfa a'i garcharu yno, rhag iddo godi cywilydd arnynt mwyach. Pa ryfedd felly eu bod, yr un pryd, ac yn y fargen, yn llyncu cymaint o lygod!

Oni bai am y tylluanod, fuaswn i erioed chwaith wedi dysgu sut y darganfuwyd glo yng Nghwm Rhymni. Collodd un o fechgyn y Tylwyth Teg ei rieni, yn ôl pob sôn, pan fwytawyd hwy yn fyw gan gawr creulon a drigai yn y Gilfach Fargoed. Penderfynodd yntau ddial ar y cawr a chytunodd tylluan a drigai yn fferm Pencoed Fawr ei helpu. Un noswaith, pan oedd y cawr allan yn caru efo gwrach yng nghysgod coeden afalau, gollyngodd y dylluan saeth, a'i ladd yn gelain. Aeth y Tylwyth Teg ati wedyn i losgi'r corff mewn twll anferth ond dechreuodd y pridd hefyd losgi a datgelu'r glo oddi tano!

Afraid dweud bod pob stori a phob chwedl, fel ei gilydd, o ddiddordeb mawr bob amser, i'r rhai ohonom sy'n dioddef o glwy 'tylluaneitus'.

MAGU TEULU

Llun: E. Breeze Jones

Tylluan

(yng nghoed Borth-y-gest)

Oriau haul, pendympiwr yw—yn selyf
　　Solet uwch dynolryw:
　　Yr hwyr claer, mor oer i'r clyw
　　O'i chroglofft ei chri hyglyw.

James Arnold Jones

62

Dwy sgwrs radio

1. MINAFON

14 Lime Street — stryd digon cyffredin ac anadnabyddus bryd hynny mae'n siŵr i bawb ond i'r pentrefwyr ac i Ifan Roberts y postman a gludai'r post yn ei gar a cheffyl law a hindda o Chwilog R.S.O., ond stryd erbyn hyn nad oes deulu Cymraeg ond odid yng Nghymru heb fod yn gyfarwydd â hi o'i gweld ar y sgrin fach. Yno y'm magwyd i: ohoni hi y rhedwn i'r ysgol bob dydd ac ar *amser out*, adref i nôl brechdan, ac yna yn un-ar-ddeg oed yn rhyw hanner ei gadael i fynd i'r Cownti yn y dre a wynebu taith gerdded wyth milltir fore Llun a phnawn Gwener, a thoc, cefnu arni'n gyfan gwbl a cholli'r hen gymdeithas glòs a llawn o agosatrwydd.

Daw gwylio y rhaglen lle'i gwelir ag atgofion melys imi amdani ac yn ddiweddar, ar ôl hanner canrif a mwy fe ymwelais â hi a'i cherdded *front and back*. Cofio'r trigolion bob un, teuluoedd o Gymry glân ac eithrio un teulu Gwyddelig, tad, mam a nifer o blant. Helynt fawr bob nos Sadwrn a sŵn poteli'n malu yn y cefn. Ond ni fennodd hynny y mymryn lleiaf ar John Angus druan a fwynhai fywyd fel gweddill plant y stryd er iddo fynd i'r ysgol lawer tro heb fawr o frecwast, heb sanau, a'i draed drwy ei 'sgidiau. Be ddaeth ohono tybed wedi iddyn' nhw adael y fro? Oni wyddoch ac oni ddyfalwch chitha am lawer un a fagwyd yn debyg iddo?

Cychwyn ar hyd y palmant sets rhwng y tai a'r gerddi ffrynt ac enwi'n ddistaw bach pwy oedd yn byw ym mhob tŷ. Cyrraedd hyd at rhif 15 a chofio fel y cadwai yr hen Fargiad Jôs fochyn yng ngwaelod yr ardd a phan ddeuai'n amser rhoi terfyn ar ei einioes fer, yn rhoi tamaid ohono i fy mam am imi'n gyson fynd o gwmpas y cymdogion i hel crwyn tatws i'w berwi'n fwyd iddo. Ŵan bwtsiar yn ei ladd iddi, a phan wneid hynny ar ôl yr ysgol, ni'r hogia' yn tyrru yno ac am y cynta' i gael swigan i'w chwythu'n bêl gicio.

Cyrraedd pen y stryd a dod i olwg capel y Bedyddwyr a'r ffordd o'i flaen lle byddai hogia' 5, 6 a 7 yn cael y wers *drill*; llunio dwy res hir ac ufuddhau i orchymyn cyntaf y prifathro — *Form Fours*. Wel, wel! Hoffus goffadwriaeth yn wir! Bron methu 'nabod ffordd gefn y stryd gan ychwanegiadau a wnaed at y tai; arwydd o well amseroedd na chynt? 'Sgwn i? Dyfalu tybed a oedd un peth gyferbyn â'n dôr gefn ni yn aros o hyd? Oedd yn wir, yr hen bistyll a'r dŵr yn dal i lifo fel cynt pan ddeuai'r pentrefwyr yno i gyrchu dŵr ac ar y Sadwrn gyda phiseri ychwanegol i gael cyflenwad dros y Sul; doedd wiw ei gyrchu'r diwrnod hwnnw, dydd o addoliad a pharch ac iddo ei le arbennig yng ngolwg bob teulu. Sefyll, ac i'r cof ymwthiai englyn syml a hoffus William Roberts, bardd lleol, a'i adrodd i mi fy hun:

> Bu fy nain a nain honno, â'i phiser
> Hen ffasiwn o tano:
> Er rhoi fel hyn er cyn co'
> Rhed atom yn rhad eto.

Cyrraedd yn ôl hyd at dŷ Rhif 1 lle trig o hyd ac y treuliodd brawd a chwaer eu hoes gyfan a hwy yn unig a erys o blith y teuluoedd gynt a gofia i.

Bellach mae plant y stryd fel oedd hi ar wasgar ac erbyn hyn 'dynion na'm hadwaenynt' yw gweddill ei thrigolion, ac o weld y tu fewn i dai 'Minafon' ar y sgrin mae'n amlwg bod gwell amgylchiadau byw ar y perchnogion. Be' ydy eu ffon bara erbyn hyn dwn i ddim oherwydd fe beidiodd y chwarel a fu'n gynhaliaeth i'r teuluoedd gynt. Un wraig o'r stryd yn unig a welais i siarad â hi a holi pa dâl a gaent am ddefnyddio'u tai wrth wneud y rhaglen, ond nid atebodd, fwy nag y gwnawn inna' pe gofynnid imi faint a gaf am sgwrs fel hon!

2. EMILE DE VYNCK

Eisteddfod Caernarfon 1921 oedd y Genedlaethol gyntaf i mi fod ynddi. Yno ddydd Mawrth fel aelod o gôr plant y pentre' yn cystadlu ar ganu 'Alawon y Bryniau' a 'Rocky Hillsides' a mynd yno wedyn ddydd Iau efo 'Nhad, ac mi gofia i weld o bellter seddau cefn yr hen bafiliwn goroni Cynan a chadeirio Meuryn, a gweld a chlywed am y tro cyntaf y Prifweinidog Lloyd George. Sul neu ddau ar ôl y 'Steddfod cael golwg nes o lawer ar Gynan oedd yn pregethu yn ein capel ni, pan safai yn y Sêt Fawr i wrando arnon ni'r plant yn adrodd adnodau. Mi fu'n rhaid aros am rai blynyddoedd cyn ail-weld Meuryn a dod yn gyfeillgar ag o yn ei ddosbarth nos yn Nhal-y-sarn. Ond pam sôn am yr Eisteddfod honno a pha ryw gysylltiad sy' rhwng hynny ag Emile de Vynck? Go brin y gwyddai de Vynck ddim oll ychwaith am y ddau brifardd ond mi fuo'r Eisteddfod honno yn amgylchiad cofiadwy yn ei fywyd yntau hefyd. Sut y gwn i hynny a phwy yn y byd oedd o?

Cymdogion agos i mi oedd y llawfeddyg Glyn Williams a'i briod, ac mi gefais olwg ar lawysgrif ddiddorol a anfonwyd iddyn nhw dro'n ôl gan Pauline, merch de Vynck, ac adrodd y mae hi hanes y deng mlynedd cyntaf o'i hoes a dreuliodd hi yn Nhan-y-graig, lle daeth y Doctor i fyw wedi ymddeol o Lundain. Tri oedd yn y teulu, meddai hi, ei thad a'i mam a hithau'n blentyn blwydd oed pan oresgynnwyd Belgiwm gan fyddin yr Almaen fis Awst 1914, ac mae hi'n adrodd yn fyw iawn yr hanes trist a gawsai gan ei rhieni am adael Malines a ffoi gyda'u hychydig eiddo mewn berfa o sŵn gynnau mawr y gelyn; cerdded am bum niwrnod a chysgu'r nos mewn ysguboriau yng nghwmni llygod mawr; cyrraedd pentre' lle'r oedd trên i gludo ffoaduriaid i Bruges a cherdded wedyn i Ostend; mynd ar fwrdd llong yn llawn dop o rai yn ffoi fel hwythau a hwylio i Folkestone; trên i Lundain ac yna'r didoli mawr. Y de Vyncks a nifer bychan arall yn cael eu rhoi ar drên i fynd i Gricieth, lle bynnag oedd fan'no, doedd ganddyn nhw ddim syniad. Ar ôl oriau o deithio, ac ar lwgu, cyrraedd, a chael eu derbyn gan ferched Lloyd George a'u harwain i Lys Owen, tŷ oedd yn eiddo i'w tad. Yno am rai wythnosau cyn symud i gartre sefydlog, Tan-y-graig, Pentre'r-felin.

Saer a cherfiwr coed oedd de Vynck wrth grefft ac mi gododd weithdy i ailafael ynddi. Yn fuan iawn fe ddaeth ceinder ei waith yn hysbys ac archebion yn dod o bell ac agos. Pauline yn tyfu'n Gymraes gyda phlant y pentre' a'r Prifweinidog yn ymweld â'r gweithdy yn achlysurol ac un tro yn prynu cerfwaith cywrain mewn pren derw o de-parti Cymreig.

Ond ynghyd â'r llawysgrif o'r holl hanes mae darluniau o ddodrefn hardd a wnaeth ei thad *to order* ac yn eu plith lun *Lectern* a wnaeth i'r Coleg Normal yn 1923 am dâl o £13.00, arian mawr bryd hynny, a llun cadair fawr hardd i Eisteddfod Gadeiriol Hirwaun, Gŵyl Ddewi 1921; pwy enillodd a phle mae hi tybed? Ond yn fwy diddorol na dim o blith y rhain y mae tystysgrif hardd, llun castell Caernarfon ac Afon Menai ar draws y top, merch mewn gwisg Gymreig i lawr y chwith, Gorsedd y Beirdd y tu mewn i'r castell ar draws y gwaelod, ac mewn llythrennau breision. *Y gwir yn erbyn y byd. Eist. Gen. Fren. Cymru. Caernarfon 1921*, ac yna, 'Hyn sydd i arwyddo ddarfod i Emile de Vynck ennill y wobr gyntaf am *Plaster Cast typical of a Welsh Head.*'

A phen pwy oedd o? Lloyd George, wrth gwrs. Ewch i Neuadd Goffa Cricieth ac fe'i gwelwch yno. Dwn i ddim be' oedd maint y wobr a gafodd ond diolch nad ataliwyd mohoni rhagddo am nad oedd yn Gymro fel y gwnaed yn Sioe Fawr Wembley yn ddiweddarach, lle dyfarnwyd ei gerfwaith yn orau o 800 ond na chafodd o mo'r wobr ariannol am nad oedd o'n Sais.

Treialon a gofidiau a yrrodd de Vynck i Bentre'r-felin a hynny hefyd a'i gyrrodd o oddi yno. Fis Rhagfyr 1924 fe ddisgynnodd lamp oel oddi ar silff yn y gweithdy i'r llawr, cydiodd y fflam yn y siafins ac fe aeth y lle yn wenfflam. Torrodd yntau druan ei galon a mynd yn ôl i'w wlad ei hun.

Atgynhyrchwyd drwy ganiatâd y B.B.C.

YNG NGWM PENNANT

Richard, Dalar, Garndolbenmaen

(Bu farw mewn damwain, noswyl y Nadolig 1965)

Anodd ein ffarwel cynnar, a sydyn
    Arswydus y galar;
    Ond i chwi fu'n ffrind a châr
    Duw alwodd Richard, Dalar.

Ei siriol bersonoliaeth,
Ei chwim gerddediad, ei chwaeth,
Un llawen hoff, un llawn nwyd
A rheolwr yr aelwyd.

Os Dolbenmaen rydd daenen
O ddu ro i guddio'r wên,
Heddiw Iôn, O! maddau ddig
Ei dalar y Nadolig.

Morris J. Roberts

66

Cyfaill

'Nid unigrwydd yw bod ar dy ben dy hun.'

Cofiai Elin Williams y geiriau yn iawn, ond ni fedrai yn ei byw gofio gan bwy y clywodd hwy gyntaf, fel petai hynny'n gwneud gwahaniaeth. Bellach, gwyddai yn iawn beth oedd ystyr yr ymadrodd. Daethai yn amlwg iawn iddi, yn boenus o amlwg.

Trigai Elin mewn bwthyn a fu unwaith yn wyngalchog, ar gyrion y pentref, os mai pentref y gelwid rhes o dai, tai haf bron bob un bellach; swyddfa bost a siop yn un, a chwarae teg i wraig y lle, roedd hi'n ymdrechu i ddysgu Cymraeg. Bu capel yno, yn perthyn i'r Methodistiaid, ond oherwydd y diboblogi caewyd y lle rai blynyddoedd yn ôl: beth oedd y pwynt o gynhesu adeilad mor fawr ar gyfer rhyw dri neu bedwar ar fore Sul? Onid oedd yn llawer haws, a rhatach, i'r hanner dwsin deithio'r tair milltir i'r dre i addoli? Nid bod Elin yn un o'r *teithwyr* chwaith.

Cawsai Elin amseroedd hapus, hapus iawn, yn y bwthyn am rai blynyddoedd. Cofiai hwy â hiraeth yn ei chalon. Symudodd yno o'i chartref mynyddig pan briododd â Siôn, dros hanner canrif yn ôl bellach. Cyfnod hapus oedd hwnnw, pan oedd y pentref yn fwrlwm o weithgareddau yn ystod y gaeaf. Ond, a dweud y gwir, nid oedd gan Elin ryw lawer o amser nac amynedd i gymdeithasu; nid oedd wedi arfer gwneud pan yn blentyn ac nid oedd ganddi lawer o awydd dechrau'n awr. Gwell oedd ganddi aros gartref i ofalu am Siôn, a pharatoi ei swper iddo pan ddeuai adref o'i waith fel gwas fferm. Roedd y fferm rhyw filltir neu fwy i ffwrdd, heb fod ymhell iawn o'i chartref, a chyrchai Siôn yno ar ei feic bob bore, gan ddychwelyd gyda'r nos, weithiau tua chwech, dro arall tua deg o'r gloch. Dibynnai'n union faint o waith oedd i'w wneud. Os byddai'r cynhaeaf yn drwm ac ofn glaw arnynt gwelsai Elin hi'n hanner nos ar lais Siôn wrth y drws cefn gyda'i gyfarchiad hwyliog, arferol, 'Wel, dyma fi'r, hen hogan.'

Yna, eisteddai'r ddau wrth y bwrdd, ef i fwyta'r bwyd oedd iddo, cig oer a thomato, neu wy wedi ei ferwi, a hithau i sgwrsio a'i holi am y dydd, beth a wnaethai, sut hwyliau oedd ar William Pugh y meistr, beth gawsai i ginio ganddynt, ac yn y blaen. Yn ei dro, holai yntau hi beth fu hithau'n wneud yn ystod y dydd, pwy a welsai, ac am beth y bu unrhyw sgwrs a gawsai.

Gan amlaf, nid oedd dyddiau Elin yn rhai mor brysur â hynny. Nid oedd yn un am hel tai, a chas ganddi oedd hel straeon: credai fod rhaid bod yn ofalus wrth farnu unrhyw un rhag ofn i'r feirniadaeth gael ei throi gartref. Gwell oedd ganddi lanhau'r tŷ, neu ddarllen.

Ond, un noson, ni ddaeth Siôn gartre'. Rhyw ddeng mlynedd wedi iddynt briodi oedd hi, noson o aeaf ac yn dywyll fel bol buwch. Dechreuasai Elin feddwl am y Nadolig, gan gynllunio beth fyddai eu cinio eu dau ar ddydd yr Ŵyl. Torrwyd ar ei myfyrdodau gan gnoc ar y drws, ar y drws ffrynt hefyd. Pur anaml y deuai unrhyw un i'r drws hwnnw, dim ond dieithriaid neu rywun ar ryw berwyl busnes.

Aeth Elin i ateb. Safai plismon yno, plismon ifanc iawn hefyd, neu felly yr ymddangosai iddi hi. Yr oedd y peth yn gryn dipyn o sioc iddi, a dangosai ei hwyneb hynny'n amlwg. Ef oedd y cyntaf i dorri ar y tawelwch.

'Y . . . Mrs. Williams?'

'Ie. Ddowch chi mewn?'

'Y . . . Diolch. Y . . . chi ydi gwraig Siôn Williams?'

'Ia, pam. Be sy' wedi digwydd?'

'Wel, y . . . mae genny' ofn fod 'na ddamwain wedi bod, ar y ffordd fawr, . . . rhyw hanner milltir y tu allan i'r pentre'. Mae'n ddrwg genny' orfod dweud fod eich gŵr yn y ddamwain, . . . wedi cael ei daro . . .'

'Wel, be' sy' wedi digwydd?'

Cofiai hyd heddiw mor oeraidd y swniai, er nad oedd yn ddi-hid o gwbl beth a ddigwyddasai i Siôn chwaith.

O dipyn i beth clywodd fel y bu i'w gŵr, neu ei feic, fod mewn gwrthdrawiad â modur a yrrai'n wyllt tua'r pentref. Rhyw lefnyn o'r dre oedd newydd ddysgu gyrru ond a wynebai gyhuddiadau difrifol wedyn.

Cawsai Elin gryn dipyn o drafferth i ddeall pam fod yn rhaid erlyn y truan. Yr oedd Siôn wedi marw, ac nid oedd modd gwyrdroi'r ffaith atgas honno. Ond, dyna fo, roedd y plismon yn daer.

'Dyna'r gyfraith, welwch chi. Does genny' ddim dewis.'

Yn naturiol, bu'r ddamwain yn ergyd drom i Elin. Galarodd yn dawel, heb ffwdan gyhoeddus. Cofiai na fu iddi fwrw deigryn yn ystod y dyddiau cyntaf hynny, nac yn y capel na'r fynwent. Tystiai pawb o'i chymdogion a'i chydnabod ei bod 'yn ddewr iawn', ond gan ychwanegu, 'mae'n siŵr y bydd o'n ei tharo hi cyn hir, gewch chi weld.'

Ond ni ddaeth yr ymateb disgwyliedig. Nid agorodd y llifddorau. Ni fu rhyw ollyngdod mawr, na chyhoeddus na phreifat. Yn hytrach, mynd fwyfwy i'w chragen fu ei hanes, ymwrthod â'r gymdeithas a gynigid iddi, troi fwy a mwy i astudio ei bogel ei hun. Y mae'n sicr y byddai meddygon wedi galw'r peth yn 'iselder adweithiol', neu rywbeth tebyg, ond nid oedd gan Elin yr amynedd i ymboeni am y fath ffwlbri. Onid oedd hi'n naturiol i rywun gollodd ei gŵr ym mlodau ei ddyddiau i deimlo chwithdod?

Efallai fod ei chyfeillion yn dymuno'r gorau iddi pan yn ceisio ei hudo i ryw 'Gwarfod Bach', neu Sosial y Gymdeithas, ond roedd yn llawer gwell gan Elin ail-fyw'r profiadau gawsai gyda Siôn, y llon a'r lleddf, y gwych a'r gwachul. Medrai fod yn ei gwmni wrth gofio, ac ni fyddai Siôn byth farw tra byddai hi yn ei gofio a'i fwytho yn ei chof.

Cyn hir blinodd pawb ar y, 'Na, ddim diolch. Fûm i 'rioed yn un am fynd allan, wchi. Mae'n well gen' i lyfr a thân. Diolch yn fawr iawn i chi, yr un fath. Ella y tro nesa'?'

Ond yr un oedd yr ymateb y tro nesaf, a'r tro wedyn. O dipyn i beth, peidiodd y gwahodd, ac yn raddol agorid drws y bwthyn yn llai a llai aml i gymydog a chydnabod. Ymfeudwyodd Elin.

Bellach, yr oedd dros ei deg a thrigain, yn weddw ers dros ddeugain mlynedd. Pur anaml y gwelid hi allan os nad oedd ar berwyl 'mofyn bwyd iddi ei hun o'r siop. Cludai ychydig ar y tro iddi ei hun, yn duniau cig, potiau jam a bara, gydag ymenyn a the, wrth gwrs. Prin iawn oedd ei sgwrs, yn rhannol oherwydd fod ei Saesneg yn glapiog iawn ac yn rhywbeth hollol ddieithr iddi. Ni chafodd erioed achos i ymarfer yr iaith estron honno.

Erbyn hynny hefyd, yr oedd yn ei chwman gydol yr amser. Pwysai amser yn drwm iawn arni, yr oedd ei chefn yn boenus a thros y blynyddoedd crymodd, yn gyntaf ei gwar, yna ei hysgwyddau. Pan fyddai wedi blino, cerddai fel pedol gan syllu'n feunyddiol ar ei thraed. Wrth ei ffon y gwelid hi, ond nid oedd honno hyd yn oed yn ddigon i'w sythu.

Yna, rhyw ddydd a hithau'n dychwelyd o'r siop, daeth y gweinidog ati. Prin yr adwaenai hi ef, er iddo fod yn weinidog arni ers pum mlynedd. Wedi'r cyfan, ni fentrai hi i lawr i'r dre ar y Sul, nac unrhyw ddiwrnod arall. Ond roedd yn amlwg fod y gweinidog yn gwybod amdani hi.

'Mrs. Williams bach, rydw i'n falch iawn 'mod i wedi taro arnoch chi fel hyn. Ydw wir. Mae genny' eisiau rhyw sgwrs fach hefo chi.'

'O, ia. Be' sy' felly, Mr. Merriman?'

Ni chynigiodd Elin i'r gweinidog ddod i'r tŷ am sgwrs. Nid am fod ganddi gywilydd o'r lle, ond nid oedd arni eisiau i unrhyw un ddechrau busnesu yn ei phethau hi.

'Wel, mi ddeuda i. Ffrind imi yn y dre sydd wedi gofyn imi wneud ffafr fechan ag o. Mae ganddo fo gi bach, y dela' 'rioed, ac mae o wedi gofyn imi a wyddwn i am rywun fydde'n falch ohono fo fel cwmpeini. Mae o'n fodlon ei roi i unrhywun fydde'n falch o'i gael, ac yn edrych ar ei ôl, ac yn ei werthfawrogi fo. Rŵan ta', fydde' genny' chi ddiddordeb o gwbl? Rwy'n sicr y byddech chi'n falch o gwmni.'

'Duwcs annwyl, be' wnawn i hefo ci? Mae'n ddigon i mi edrych ar f'ôl fy hun y dyddie' hyn, heb sôn am fagu rhyw anifail hefyd.'

'Fydd 'na ddim gwaith magu, mi fedra' i eich sicrhau chi o hynny. Ac mi fydd yn gwmni ichi, yn enwedig ar fin nos, pan fydd hi'n glawio, ac yn y blaen. Ac mi gewch fynd â fo am dro, bob dydd os bydd hi'n sych. Mi fydd yn ystwytho tipyn ar y cymalau 'na ichi.'

'Na, rydw i'n cael mynd allan hen ddigon fel ag y mae hi.'

'Mae'r meddygon 'ma'n dweud fod anifail anwes yn gymorth i bobol ar eu penna'u hunain ac yn gysur mawr iddyn' nhw. Rydw i'n siŵr y byddech yn difaru peidio derbyn y cynnig.'

'Ond, be' wna i hefo fo yn ystod y nos?'

'Rwy'n siŵr y byddech chi'n llwyddo i gael lle bach digon clyd iddo fo yn y llofft 'na wrth ochr y gwely. Dowch rŵan, Mrs. Williams, mae hwn yn gynnig gwerth ei dderbyn. A dweud y gwir, mi fyddech yn wirion iawn yn gwrthod.'

Derbyn wnaeth Elin yn y diwedd, yn fwy er mwyn cael gwared â'r gweinidog taer nac er mwyn y cynnig ei hun.

'Iawn. Mi ddo' i â fo draw ichi b'nawn 'fory.'

A hynny a fu. Cafodd Elin gydymaith bach bywiog a diddorol. Nid oedd llawer o waith gydag ef a buan iawn y daeth y ddau yn gyfeillion mynwesol. Nid ymboenai Elin rhyw lawer pe câi'r ci bach 'ddamwain' ar lawr y gegin, neu yn y llofft, lle cysgai gyda hi bob nos. Roedd clywed sŵn ei anadlu rheolaidd, a'r ambell ochenaid yn ei gwsg yn gwmni mawr iddi. Rhaid oedd iddi gyfaddef fod y gweinidog wedi bod yn llygad ei le. A chwarae teg iddo am feddwl amdani, a hithau byth yn tywyllu drws y capel hefyd. Efallai yr âi rhyw dro, pan fyddai ef yno'n pregethu. Ond, anghofiai, y byddai raid iddi gerdded y tair milltir yno, a'r tair yn ôl, os na fyddai rhyw Samariad trugarog . . .

O dipyn i beth daeth Elin a Mot yn olygfa gyffredin ar y ffordd rhwng y bwthyn a'r siop, ac ymhellach, yn achlysurol; Elin yn ei chwman gyda ffon yn un llaw a thennyn Mot yn y llaw arall. Cerddai Mot yn dalog, yn fân ac yn fuan wrth ochr ei berchennog gan amlaf, er iddo, pan yn iau, ddrysu ei dennyn o gwmpas y ffon o dro i dro. Ond buan iawn y daethai i ddeall sut i ymddwyn.

Ambell dro, fodd bynnag, hoffai gymryd rhyw wib, a chyda chryn drafferth y rheolai Elin ef ar yr achlysuron hynny. Ni phoenai'n ormodol, er ei bod yn ei chwman; teimlai'n ddigon cryf i gadw trefn ar y bychan.

Tyfodd Mot yn fwy ac yn gryfach. Gofalai Elin amdano fel plentyn, y plentyn nas cawsai. Bwydai ef yn gyson, fore a nos, gan ofalu prynu tuniad o fwyd gwahanol bob dydd yn y siop. Ambell dro, fel rhyw foethyn bach iddo, prynai ddarn o iau ffres a'i goginio. Yn ôl yr ysgwyd ar ei gynffon, mwynhâi Mot hynny yn fawr iawn.

Ond un bore, penderfynasai Elin ei bod am fynd i'r siop yn gynnar a phrynu tipyn mwy na'r arfer o iau, a chymryd tipyn ei hunan, gyda Mot. Doedd ond yn deg iddi hithau ei difetha ei hun yn achlysurol.

Yfodd ei phanaid te yn awchus, a bwytäodd y bara menyn gydag ef. Taflodd ei chôt dros ei hysgwyddau, galwodd ar Mot a rhoi ei dennyn wrth ei goler.

Synhwyrai'r ci fod rhywbeth gwahanol ar droed y bore hwnnw. Yr oedd yntau'n fwy cynhyrfus nag arfer. Neidiai i fyny i lyfu wyneb Elin fel yr ymdrechai hithau i'w roi wrth y tennyn.

'Bydd dawel, gi,' meddai. 'Gad imi roi hwn yn sownd yn dy goler, inni gael mynd am dro bach. Paid â neidio 'rŵan. Tyrd, dyna ti. Gad inni gychwyn.'

Allan â hwy ill dau, y naill mor eiddgar â'r llall, un wrth ei ffon ar llall wrth ei dennyn.

Ni chlywodd Elin y modur yn dod o'r tu cefn iddi. Ond clywodd Mot ef a dychrynodd. Efallai mai am ei fod wedi cynhyrfu cymaint y dychrynodd i'r fath raddau. Rhoddodd blwc sydyn ar y tennyn. Daliai Elin yn dynn a bu'r plwc yn ddigon i'w thynnu i'r llawr gan mor sydyn ydoedd. Nid oedd gan yrrwr y modur obaith . . .

Daeth Mot yn ei ôl a dechrau llyfu wyneb gwelw, oer Elin.

Aderyn clwyfedig

(a ymgeleddwyd gennym ar aelwyd
'Tangarth', Borth-y-gest)

Er ein nawdd, mor anniddig—y gwingai
    Heb ei gangen lasfrig;
    Y fraich ni fynnai yn frig
Na'r hen gadair yn goedwig.

Ystafell arholiad

(yn Ysgol Eifionydd)

Ni cheir ias na llef na chri—na meidrol
    Ymadrodd ohoni;
    Megis bedd yw ei hedd hi:
Distawrwydd didosturi.

James Arnold Jones

Yn y dechreuad

Pan oeddwn i'n hogyn mewn trowsus pen-glin,
Mam yn tafodi a 'nhad yntau'n flin,
Gwnes lw fwy nac unwaith y codwn fy mhac
A chychwyn am wlad y bananas a'r blac.

Mi glywais mewn gwers Ysgol Sul lawer tro
Mai un digon di-addysg a thlodaidd oedd o,
A thyngais yr awn i esmwytho ei faich
A blwch y Genhadaeth yn dyn dan fy mraich.

Ond druan ohonof, ni fentrais un cam,
Ond cydio'n feunyddiol yn ffedog fy mam,
Gan lwyr ymfodloni ar aelwyd fy nhad
Heb awydd am newid na chartref na gwlad.

A heddiw, wrth gofio'r bananas a'r blac,
Diolchaf i'r Nefoedd na chodais fy mhac,
A'm hunig ddymuniad, pan fo bywyd yn flin,
Cael bod eto yn hogyn mewn trowsus pen-glin.

*   *   *   *

Mae'n rhaid cael botwm gwyn cyn mynd i'r capel. Caf ei fwyta'n slei bach pan fydd y pregethwr yn siarad hefo Iesu Grist a phawb arall â'u pennau i lawr. Felly fydd 'nhad yn 'i wneud hefyd, a Mrs. Jones sydd yn y sêt gyferbyn â ni, ond y bydd hi yn cymryd arni ei bod yn pesychu neu'n chwythu'i thrwyn. Mae 'na chwech o dyllau pryfaid yng nghefn y sêt o'n blaen ni ac mae 'na bedwar pry' wedi marw ar sil y ffenast.

'Dysg ni o Dduw i fod yn addfwyn a chymwynasgar, yn lân ein hiaith a'n hymadrodd . . .'

Mae pawb yn rhegi weithia — hyd yn oed 'nhad — ond ella na ddylwn i fod wedi galw John yn 'uffar diawl' am iddo ddwyn fy marblis i. Ond wedyn arno fo yr oedd y bai, nid arna i.

Mi fydda i'n hoffi gwrando ar 'nhad yn canu; mae ganddo fo lais gwell na neb yn y capel. Mae o'n medru chwarae *mouth-organ* hefyd — mi fydda i wrth fy modd yn gwrando arno fo'n chwarae 'Mochyn Du' ac emynau a phethau felly. 'Dad, o ble ddaeth Duw? Ble mae'r nefoedd dad?' Ond roeddwn i'n amau ar 'i osgo fo na wyddai o ddim. Mae o'n gwrando ar y pregethwr â'i law dan ei ên, yn gwasgu 'i wddw pob hyn a hyn fel pe bai o'n meddwl am rywbeth. 'Faint o'r gloch ydi hi rŵan dad?' Iesgob, mae fy mhen-ôl i'n brifo ar y sêt 'ma. Ond mi fydd 'na jeli coch i de heddiw a ffrwytha' tun a chacen riwbob mam.

Chefais i ddim cacen riwbob cartref erstalwm na botwm gwyn chwaith a phoendod imi yw ceisio cofio'r tro olaf y bûm yn cyfrif y tyllau pryfaid ar gefn y sêt. Teimlaf yr un anesmwythder o hyd o eistedd yn rhy hir ar fainc neu gadair galed a'm clust mor fyddar i eiriau'r darlithydd â'r gadair yr eisteddaf arni.

'Mae plant yn dysgu trwy arbrofi . . .' Dysgais yn gynnar iawn fod dail poethion yn llosgi'r croen; fod iâr yn gallu ymateb yn bigog iawn os poenydir hi'n rhy hir; fod cariad a maddeuant tad a mam yn hawdd ei gael ac yn amhrisiadwy — er bod llawer agwedd iddo, yn ôl amgylchiadau. Dysgais o ddydd i ddydd, o wers i wers. 'Ys gwn i ble 'ma Wil a Mair yn mynd? Tyrd, mi awn ni ar 'u hola' nhw'n ddistaw bach. Mae hi'n rhy dywyll i fynd am dro rŵan. Dacw 'nhw yli yn mynd tros boncan Cae Bach i lawr at y coed cnau. Brysia rŵan, maen 'nhw bron o'r golwg yn y rhedyn . . .' A'r trip Ysgol Sul i'r Rhyl; rhannwyd llawer cyfrinach yn nirgelwch cyffrous y sêt gefn.

Mae'r gadair 'ma'n galed; tybed faint o'r gloch yw hi bellach? Mae meddwl am amser llefrith yn gwneud i mi deimlo'n gyfoglyd. Fedra'i mo'i yfed o, mi fydda' i'n sâl eto. Fedra' i ddim gwneud llun Moses yn y cawell chwaith; fedra'i ddim, fedra'i ddim. Mae'n well gen i yr Ysgol Sul. Dim llefrith, dim syms a dim gwaith sgwennu. Mi fydd Evan Huws yn rhoi taffi bob un i ni hefo papur glas amdano a llun 'deryn arno fo. Fyddan ni ddim yno'n hir chwaith ac mi gawn ni fynd adra i gyd hefo'n gilydd. Caws fydd Dafydd yn 'i gael i de ond mi gawn ni jeli coch a ffrwytha' tun. Ac os na fydd hi'n bwrw mi ga'i fynd i'r capel mawr hefo 'nhad gyda'r nos. Ond mi fydd yn rhaid cael botwm gwyn cyn cychwyn.

Y Cangarŵ

A fu lamwr cyflymach—neu fwy gwyllt?
A fu gawr tynerach?
Cluda'n ddi-lol mewn bolsach
Res bert o gangarŵs bach!

J. T. Jones

73

Gelert a'i gefnder Americanaidd

Y mae'n bur debyg i Feddgelert a'r ardal gyfagos esgor ar fwy o straeon gwerin nac unrhyw ardal arall yng Nghymru neu o leiaf cofnodwyd mwy o'r straeon hynny mewn traethodau a llyfrau.

Bwydo dychymyg rhamantaidd y teithwyr Fictorianaidd Saesneg am Eryri niwlog a Chymraeg a wnaeth Mr. Jenkins pan gyhoeddodd ei *Beddgelert Fairies and Folklore,* er mai traethawd Cymraeg gan William Jones, Tremadog yw'r sail i'r llyfr. Do, cribiniwyd y fro o Ryd-ddu i Nant Gwynant ac Aberglaslyn am straeon yn dilyn llwyddiant perchennog y *Royal Goat Hotel* yn argyhoeddi'r byd sut y cyflawnodd y Tywysog Llywelyn anfadwaith yn yr ardal drwy wneud cam enfawr â'i gi Gelert (gŵyr pawb y chwedl, wrth gwrs) ac ymhellach fel y claddodd yr un ci mewn bedd anrhydeddus ar gyrion y pentref. Wrth lwc, nid nepell o'r gwesty yr oedd y bedd ac yn ei sgîl daeth yr holl ardal, a phentref Beddgelert yn arbennig, yn enwog iawn drwy'r Deyrnas Unedig. Rhaid tynnu het i'r pencampwr o farchnatwr o'r *Royal Goat,* ond tybed a ragwelodd y gŵr goleuedig hwnnw pa mor bell y crwydrai'r chwedl dros y blynyddoedd wedi i'r Fictorianiaid hen flino ar eu teithiau rhamantus?

Rhywsut aed â'r chwedl dros yr Iwerydd i'r Unol Daleithiau a'i phlannu yn ddwfn yn isymwybod aelodau o'r genedl ifanc honno, oherwydd daeth i'r amlwg, yn ddiweddar, fel un o'r chwedlau gwerin cyfoes a adroddir ledled America erbyn hyn.

Y mae'r Unol Daleithiau yn flaenllaw iawn yn y maes hwn, sef maes astudio chwedlau gwerin cyfoes. Ond beth yn union ydyw chwedlau cyfoes? Yn fras, straeon ydyw'r rhain a adroddir ac yn aml iawn, a gyhoeddir ar newyddion neu yn y wasg fel straeon gwir ond sydd, yn ddiamau, yn chwedlau. Perthyn iddynt nodweddion y chwedlau clasurol ond yn bwysicach fyth does dim modd olrhain tarddiad y stori. Cyd-destun hollol gyfoes sydd i'r chwedlau ac yn aml fe'u lleolir mewn awyrgylch drefol.

Cyn mynd yn rhy academaidd cystal dychwelyd at Gelert a'i gefnder Americanaidd i egluro'r ffenomen ac felly adroddir isod fersiwn o chwedl gyfoes a ymddangosodd fel stori newyddion yn y *New Times,* Tempe, Arizona ar 24 Mehefin 1981:

Dychwelodd gwraig o Las Vegas adref o'i gwaith a darganfod ei chi Dobermann mawr yn gorwedd ar y llawr yn ymladd am ei anadl. Ar unwaith rhoddwyd y ci yn y car a'i ruthro at y milfeddyg.

Archwiliwyd y ci ond ni lwyddwyd i ddarganfod achos yr anhwylder a phenderfynodd y milfeddyg fod angen llawdriniaeth arno i gysylltu pibell i'w ysgyfaint er mwyn ei gynorthwyo i anadlu. Byddai hynny yn cymryd peth amser a chynghorwyd y perchennog i ddychwelyd adref a dod yn ôl y diwrnod canlynol.

Canai'r ffôn pan gyrhaeddodd y wraig gartre'. Atebodd hithau a phwy oedd yn galw ond y milfeddyg yn llawn ffwdan a phryder, 'Ewch allan o'r tŷ ar unwaith,' meddai, 'a chysylltwch â'r heddlu.'

Gwnaeth y wraig yn union fel y gorchmynnodd y milfeddyg.

Ymddengys i'r milfeddyg ddarganfod rheswm arswydus dros anallu'r ci i anadlu. Roedd tri o fysedd dynol yn ei wddf — a'i bryder bod perchennog y bysedd yn y tŷ o hyd a barodd iddo ffonio'r wraig.

Yn ôl y stori daeth yr heddlu i'r tŷ a darganfod lleidr yno wedi colli tri o'i fysedd, yn anymwybodol mewn cwpwrdd ac â'r gwaed yn llifo o dan y drws!

GER BEDDGELERT

Llun: E. Breeze Jones

Wel, dyna'r stori fel yr ymddangosodd ym mhapur dyddiol Tempe, Arizona yn 1981. Bu dyfal holi yn y *New Times* am ffynhonnell y stori a hefyd yn y *Las Vegas Sun* ond ofer fu'r chwilio. Nid oedd gan heddlu Las Vegas, ychwaith, gofnod o'r digwyddiad.

Enghraifft, felly, o chwedl gyfoes Americanaidd newydd ac ar yr olwg gyntaf efallai nad oes gysylltiad o gwbl rhyngddi â chwedl Gelert. Ond o edrych yn fanwl gwelir tebygrwydd yn y prif elfennau:

1. Ci yw canolbwynt y stori.
2. Dychweliad y perchennog i dŷ gwag i ddarganfod fod rhywbeth o'i le ar y ci.
3. Cyflwr y ci yn mynd â sylw'r prif gymeriad.
4. Y prif gymeriad yn ymateb ar unwaith i gyflwr y ci.
5. Presenoldeb y drwgweithredwr yn y tŷ yn ddiarwybod i'r perchennog.
6. Y gwirionedd yn dod i'r amlwg ar ddiwedd y stori.
7. Y ci yw'r achubwr wedi'r cyfan.

Gwelir, felly, bod gwreiddiau'r ddwy chwedl yn debyg iawn a bod treiglad amser yn ogystal â newid cymdeithas a chyd-destun wedi esblygu'r stori wreiddiol. Rwyf am ddadlau ymhellach drwy ddweud bod yr Unol Daleithiau wedi datblygu yn fagwrfa fras iawn i'r chwedlau cyfoes hyn a'u hastudiaeth, am fod y genedl (os teg galw trigolion y wlad amryliw, gosmopolitan honno yn genedl) yn un ifanc. Diwylliant ifanc yw'r diwylliant gwyn gorllewinol yno gyda'r mewnfudwyr, ar y cyfan, wedi colli'r cysylltiad â'r gwreiddiau Ewropeaidd ers rhai cenedlaethau ac felly yn ymddiddori yn eu diwylliant newydd eu hunain gyda'r chwedlau cyfoes yn amlwg iawn yn nhwf y traddodiad gwerin llafar hwnnw.

Un o lu o chwedlau cyfoes Americanaidd yw yr un uchod — 'Y Choking Dobermann' i roi ei henw swyddogol iddi — a difyr yw nodi bod nifer o'r chwedlau hyn wedi croesi'r Iwerydd yn ôl i'r ynysoedd hyn a chredaf y ceir stôr enfawr o chwedlau gwerin cyfoes yng Nghymru heddiw.

Sylwch yn fanwl iawn ar y stori nesaf a fydd ar led yn yr ardal, efallai yn sôn am gŵn Alsatian yn rhewgell y bwyty Tseineaidd lleol neu effaith pwerdy niwclear ar y tywydd. Gwrandewch, ailadroddwch a chofnodwch y straeon hyn ac y mae'n bur debyg y chwaraewch ran allweddol yn natblygiad ein llên gwerin, er budd yr oesoedd a ddêl.

Angharad Tomos

Nid trist dy Fethodistiaeth,—llawenydd
Sy'n llenwi'th wasanaeth
I Gymru, y Gymru gaeth
Yn henaint ei phuteiniaeth.

Ieuan Parri

Y Diffyg

'Mi ddaw hi i'r golwg rŵan gewch chi weld,' meddai'r taid wrth y ddau blentyn.

O'u blaenau, uwchlaw'r mynyddoedd pell, roedd cwmwl du. Y tu ôl i hwnnw roedd y lleuad. Roedd hi yno'n cuddio, a hynny'n berffaith amlwg o'r llewyrch ar ymyl y cwmwl ac o'r llusern o olau uwch crib y mynyddoedd. Am weld y lleuad y disgwyliai'r tri, ond doedd dim brys symud ar y cwmwl.

'Mae o fel lwmp du o lo ar y tân, Taid,' meddai Dylan.

'Nid dyna wyt ti i fod i weld,' pigodd Mari arno. 'Roedd hi'n saith oed, ddwyflwydd yn hŷn na fo. Er pan fu farw eu mam naw mis yn ôl, hi yn ei meddwl ei hun, oedd ei fam.

'Mae hi'n hir iawn yn dŵad i'r golwg, Taid.'

Diystyrodd Dylan ei chwaer a chlosio at ei daid. Teimlai'r awyr oer yn agor ei ffroenau, a gwnâi'r afrifed sêr mân iddo deimlo'n fach iawn. Daeth awel o wynt gan siffrwd dail yn y cysgodion. Closiodd yntau'n nes at ei daid.

Yn sydyn yn y diwedd, ciliodd y cwmwl a daeth lleuad fawr i'r golwg. Lleuad fwy nag a welodd hyd yn oed eu taid erioed o'r blaen. Llanwai'r awyr uwch y gorwel fel gwraig feichiog gan wneud i'r mynyddoedd edrych yn ddinod. Ar draws un gornel iddi roedd cysgod du crwm. Goleuai wynebau'r tri nes eu bod fel tair delw bres.

'Mae hi'n rhyfedd, Taid. Mae hi fel tasa rhywun wedi bwyta tama'd ohoni hi.'

Mari a siaradodd, ond wrth ddal i syllu ar y lleuad teimlai'r tri yr un fath.

'Ydi. Mae hi. Dyna ydw i isio i chi weld. Rydw i isio i chi gofio hyn. Cofio am byth. Mi wnewch yn gwnewch?' meddai'r taid. 'Am byth.'

'Diffyg ar lleuad ydi o, Dylan. Cofia.' Y fam fechan yn siarad eto.

'Mae o'n mynd yn fwy! Ylwch!' Roedd cynnwrf yn llais main yr hogyn.

'Mynd yn llai mae o'r ffŵl.'

'Y tama'd ydw i'n ei feddwl. Mynd yn fwy ma'r tama'd, yntê Taid.'

Safodd y tri yno'n gwylio'r cysgod yn graddol fwyta'r lleuad. Yn ffenest y llofft roedd Mabel eu nain yn sbio arno hefyd. Roedd hi'n rhy oer ganddi hi fynd allan ac ni fuasai'r plant wedi cael mynd ychwaith oni bai am Alff. Alff druan. Fe fynnodd o gael mynd â nhw. 'Er mwyn iddyn nhw 'i weld o'n iawn.

Mi fydd yn help iddyn nhw gofio,' roedd o wedi ei ddweud. Doedd ganddi hithau ddim ateb i hynny, dim ond gadael iddyn nhw fynd.

Wrth edrych allan roedd ei hwyneb bron â chyffwrdd paen mawr y ffenest, fel pe bai magned yn ei thynnu trwy'r gwydr dwbwl i gyfeiriad y tri oedd â'u cefnau ati ar y lawnt islaw. Gwelai hwy'n troi eu pennau wrth siarad, a'r hwd hir am ben Dylan yn gwneud iddo edrych fel pyped ar linyn. Ar ei hwyneb roedd gwên nad oedd yn wên, gweflau'n dinoethi dannedd ar gyfer crio, ac eto dim dagrau; y gofal yn yr wyneb a'r llygaid yn atal pob deigryn. Y llaw oedd wedi bod mor gelfydd ar draws y blynyddoedd yn byseddu'r llenni'n ddiamcan. Câi gysur iddi'i hun wrth deimlo'r defnydd rhwng ei bysedd. Methai ollwng ei gafael ynddo wrth ymestyn at y gwydr i gyfeiriad y plant. Bron na fyddai'n syrthio pe gollyngai ef.

Nid oedd erioed wedi meddwl y câi fyw i weld y pethau yma a ddaethai ar ei gwarthaf wrth iddi arafu ei cham yn ei hen ddyddiau. Daeth barrug diweddar a syrthiodd y petalau'n rhy gynnar. Dyna Lisa wedi mynd, fel y dywedid. Dyna a ddywedid. Dyna oedd yn iawn hefyd; wedi eu gadael, wedi mynd. Dyna oedd wedi digwydd, y bywyd wedi mynd. Nid un bywyd ond torllwyth o fywydau a oedd wedi bod yn ymwau trwy'i gilydd. Ni allai feddwl am unpeth gwael amdani, un rhyfeddod fu hi i Mabel er dydd ei geni'n ddiymadferth, brydferth. Estyniad oedd hi ohoni hi ei hun ac eto doedd a wnelo hi, Mabel, ddim â'r un a sgipiodd i'r ysgol, a gynlluniodd ei gardd, a osododd flodau, ac a roddodd ddau blentyn i'r byd. Er bod rhywbeth newydd yn dod i'r golwg ynddi o hyd, eto teimlai ei bod yn adnabod y cyfan erioed, fel rhywbeth agos iawn ati hi ei hun. Ac yn awr roedd Lisa wedi mynd, wedi'i thorri i lawr a gwaith ei llaw i'w weld ym mhobman.

Ond roedd rhywbeth wedi digwydd i Lisa cyn i'r afiechyd daro. Ni allai Mabel ddweud yn union beth, ond roedd o yno fel niwl oer yn cydio yn y llawr a gwrthod codi. Dyna'r sgwrs honno a gawsant ryw bnawn. Roedd hynny cyn i bethau fynd yn ddrwg iawn.

'Ydach chi'n cofio Mair Bobs yn y Coleg?'

Chwarddodd Lisa'n ysgafn wrth feddwl amdani. Felly y byddai hi efo pob peth, cael jôc bach rhyngddi a hi ei hun.

'Mi sbiodd drwydda i ar y stryd y bore yma. Mi aeth i'r pot yn lân pan welodd hi pwy oeddwn i.' Gwenodd Lisa ynddi ei hun wedyn.

'Rwyt ti'n edrych yn ofnadwy,' meddai hi wrtha i. Rêl hi yntê! Mi ddeudis i wrthi mai slimio oeddwn i. Doeddwn i ddim yn deud celwydd, nac oeddwn?'

Ni allai ei Mam ddweud gair, dim ond murmur ynddi ei hun, 'Fy mhlentyn gwyn i. Fy mhlentyn gwyn i.'

'Dydw i'n cael dim hwyl ar y cwilt yma.' Parablodd Lisa ymlaen. 'Ylwch sâl ydi o.' Doedd dim gwên y tro yma wrth iddi edrych ar y cwilt clytiau a orweddai ar draws ei glin.

'Rydw i'n 'i weld o'n ddel iawn gin ti.'

'Mae yna ormod o batrwm ynddo fo. Fel pob dim ydw i'n ei wneud.'

Trawyd y fam gan ryw olwg a gafodd yn llygad ei merch y munud hwnnw; y glas a'r gwyn yn rhedeg i'w gilydd, fel llygad colomen. Dychrynodd wrth eu gweld felly fel pe bai'r gwrthgyferbyniadau wedi mynd o'i bywyd.

'Yr hen salwch yna ydi o, wsti.'

'Mae yna hen ddynes y tu mewn i mi yn methu hel ei thraed.'

Daeth yr ofn yn ôl i galon Mabel, yr un ofn ag a ddaeth iddi pan glywodd fod canser ar ei merch. Yr ofn a oedd mor ddwfn â'r canser ei hun, a'r un mor ddirgel. Daeth y meddwl iddi mai hi Mabel ei hun oedd wedi trosglwyddo rhyw wendid iddi, mai ei methiant hi oedd hyn.

'Oeddat ti'n poeni am rywbeth?'

'Mae gin i bob peth 'n does, Mam? Cartra, plant, chi a Dad yn ymyl, ffrindia. Digon i'w wneud. Dwn i ddim be sy'. Fel tasa rhyw gysgod wedi dod trosta i. Yn y cinio Gŵyl Ddewi y llynedd. Rhyfedd. Pawb fel petasa'n nhw'n dal yn y Coleg ac eto'n rhy henaidd i fod yno. Sôn am blant, tai, gerddi, ceir, ac am y bobl oedd wedi cicio dros y tresi. Y rheiny fethodd â dal.'

Siaradai'n hamddenol gan bwytho'r cwilt a orweddai'n blygion dros ei choesau. Yn ddistaw sychodd ddeigryn oddi ar flaen ei thrwyn.

'Ymyrryd gormod ydw i efo pob dim.'

'Dydw i ddim yn dy ddallt di wir.'

'Petha sy'n dŵad i mi heb ymyrryd ydi 'mhetha gora i. Chi, Dad, Mari, Dylan, ffrindia, bloda'n tyfu. Petha ges i heb drio. Dyna 'mhetha gora i.'

Doedd hi ddim wedi enwi Max. Ai'n fwriadol neu anfwriadol ni wyddai Mabel. Yn sicr, o edrych yn ôl roedd hynny'n arwydd, ond doedd hi ddim wedi bod yn ddigon effro i'w weld ar y pryd. Wrth bwyso ar y llenni'n awr a meddwl am holl droeon y misoedd diwethaf teimlai y gallasai fod wedi rhag-weld pob un. Beiai ei hun am fethu. Ymhell i fyny'r cwm yn rhywle roedd yr afon wedi codi a hithau heb ragweld y byddai'n gorlifo'r gwastadeddau. Wrth fwrw'i meddwl yn ôl i'r dechrau gwelai fod y pethau hyn a ddaethai arni yn ei thramwyo fel ofnau o'i mewn. Ofnau a wireddwyd oeddynt.

Gallasai fod wedi amau'r tro cyntaf y gwelodd ef. Max â'i wyneb bach llwyd, ei sbectol rimyn aur a'r olwg ddelicét ysgolheigaidd yna arno. Cerddai i fyny'r dreif at ddrws y tŷ yn ddistaw gan wylio'r cyfan. Doi Lisa o'i flaen yn ystwyth ei chorff, fel y blodau o'i deutu a ysgydwai yn y gwynt y diwrnod hwnnw.

'Max ydi hwn,' roedd hi wedi'i ddweud wrth ei gyflwyno.

'Rydach chi'n hollol fel roeddwn i'n disgwyl i chi fod Mrs. Ellis,' oedd ei gyfarchiad iddi.

Cafodd sgytwad. Roedd gwawd tu ôl i'w eiriau yn rhywle ond methai hi â rhoi ei bys arno. Beth oedd o wedi'i ddychmygu amdani o'r golwg yn ddistaw wrtho'i hun? Esboniodd Alff mai Lisa oedd wedi ei disgrifio mor dda iddo fo. Derbyniodd hithau hynny, a'i dderbyn yntau i'w thŷ fel mab. Ef oedd dewis Lisa, ac roedd hi bob amser yn iawn. Er hynny ar hyd y blynyddoedd roedd arni ychydig bach o'i ofn, ofn ei fod o wedi gweld trwyddi. Roedd rhywbeth ynddo yntau a oedd tu hwnt i'w chyrraedd hi, bob amser y tu draw iddi.

Trwy gydol eu bywyd priodasol Lisa fyddai'n arwain, ei dychymyg a'i dyfeisgarwch hi a ysgrifennai'r ddrama, actor oedd Max. Wedi iddi fynd yn wael ni chafodd Lisa ond y gorau ganddo. Câi bopeth y medrai ef ei roi iddi. Darparai ymlaen llaw ar ei chyfer, fel petai wedi rhag-weld pob cam o'r daith, hyd yn oed i'w bedd. Eto clywodd Mabel sgwrs yn dod o'r llofft, na wyddai'n iawn beth i'w wneud ohoni.

'Ddrwg gin i neud cymaint o drafferth i bawb.'

'Dydi o ddim trafferth. Rydw i wedi trefnu popeth ymlaen llaw.'

'Mae hynny'n drafferth yntydi? Mi fasa'n dda gin i tasa ti'n fwy ffwrdd-â-hi.'

'Fel yna y medra i ddŵad i ben â'r gwaith.'

Ni chlywodd ateb Lisa, ond mae'n amlwg ei bod hi wedi meddwl am y geiriau, o achos yn ddiweddarach dyma hi'n dweud wrth Mabel.

'Trafferth ydw i wedi mynd, yntê? Dwn i ddim sut mae Max yn dŵad i ben â'r gwaith. Rydw i fel babi yntydw?'

Wrth afael amdani, gwawriodd ar ei Mam mai babi oedd hi, ac o hynny ymlaen fe'i gwelodd yn llithro fwyfwy i'w babandod yn ôl. Aeth y ddwy yn glòs at ei gilydd mewn rhyw fyd bach o'u heiddo'u hunain. Byd o obaith ple nad oedd lle i obeithio, byd o ymgynnal fel dwy gangen o eiddew'n pwyso ar ei gilydd. Byd allan o gyrraedd Max. Byd yr oedd arno ef gywilydd ohono. Yn awr, gwelai Mabel fel roedd o wedi ymwrthod ac wedi crebachu'n fewnol tuag at ddiymadferthwch Lisa. Ym myd Max, doedd dim lle i fethiant. Methiant oedd Lisa. Ceisio cywiro'r methiant yn hytrach na'i dderbyn a wnâi.

Un noson eisteddai'r ddwy yn y llofft yn gwylio Max yn mynd â'r plant am dro. Cerddai'r tri i lawr at y car â sbonc yn eu troed. I mewn i'r car. Clep i'r drws. I ffwrdd â nhw. I ffwrdd i rywle.

'Dyna fo wedi mynd â nhw, ylwch,' meddai gan edrych mewn rhyfeddod ar rywbeth yn digwydd draw.

'Mynd fel mwg.' Chwarddodd gan ysgwyd ei phen ar ei gwddf main.

'I bwy maen nhw'n perthyn, deudwch?' a chwerthin. 'Mi fyddan nhw'n iawn, gewch chi weld.'

Yna rhoddodd ei phen ar y gobenyddion.

'Ydach chi'n fy nghofio i yn mynd i'r Gymanfa Ganu efo'r ffrog felan honno?'

'Ydw'n iawn.'

'Beth ddaeth ohoni?'

Aeth y fam i nôl y ffrog.

'Oeddwn i'n ddel yn hon?' gan ei thaenu o'i blaen ar y gwely.

'Digon o ryfeddod.'

'Ydach chi'n cofio be oeddwn i'n 'i ganu?'

'"Dod ar fy mhen".'

'Ia,' gan chwerthin.

Dyna'r archoll ar archoll a gâi'r fam pan oedd ei merch yn fyw. Ond wedi iddi farw, daeth düwch dros un rhan ohoni yn glais disymud. Am y rhan arall, roedd honno'n gwingo'n fyw yn ei thosturi at bawb arall; at Alff a'r briw yn ei lygaid, at Max oedd wedi'i gloi ynddo'i hun ac at y plant diamddiffyn. Roedd mellten wedi mynd heibio iddi, ac wedi methu ei tharo. Cawsai hi ei harbed i weini fel y medrai nes y dôi ei thro hithau.

'Y plant sy'n bwysig i ni rŵan, Max,' meddai wrtho noson y cynhebrwng.

'Peidiwch â meddwl fod *rhaid* i chi neud dim byd iddyn nhw, Mrs. Ellis,' clywodd ef yn dweud.

Cysetlyd ydi'r creadur, dim eisiau bod yn faich mae o, meddyliodd.

Ar ôl colli Lisa, mynd yn ddistaw a wnaeth Max, ond nid tawelwch y byd a ddaethai arno, ond mudandod delw. Ymhen ychydig, sylwodd Mabel fel yr oedd o wedi heneiddio. Collasai ei wallt, ac nid oedd mor ofalus efo fo'i hun, — y tusw bach o flew heb ei siafio ar ei wddf. Y gwddf oedd wedi meinio nes bod yr afal breuant yn edrych mor fawr, a'r gwefusau a oedd yn fawr erioed yn edrych yn fwy rŵan. Powliai'r geiriau drostynt mor araf a dwfn o'r breuant mawr.

Un diwrnod, fe sylwodd hi fod Mari a Dylan yn cael dillad newydd yn aml.

'Ffrog newydd eto Mari? Fydda i byth yn dy weld yn gwisgo'r ffrog las â bloda pinc honno. Honno wnaeth dy fam i ti.'

'Mae Dad wedi mynd â hi i Oxfam. Mae'n hen ddillad ni i gyd wedi mynd i Oxfam.'

Roedd hynny'n ormod iddi. Methodd â dal.

'Dydw i ddim yn eich deall chi, Max.'

'Beth sydd yna i'w ddeall, Mrs. Ellis?'

'Eich deall chi'n cael gwared â dillad y plant. Y dillad oedd Lisa wedi wneud iddyn nhw.'

'Fuodd raid i mi roi dillad Lisa'i hun hefyd.'

Yn *rhaid*? Pan glywodd hynny, bu'n edifar ganddi agor ei cheg. Methu â dygymod efo petha Lisa o gwmpas yr oedd o. Gorfod cael eu gwared a wnaeth y creadur. Felly y tybiodd bryd hynny.

'Helpu'r plant efo'n gilydd ydan ni isio rŵan, yntê Max?' Ceisiodd gyfannu'r rhwyg.

'Ylwch, Nain,' meddai gan adael i'w eiriau dreiglo dros ei wefusau, 'rydach chi'n mynd i ormod o drafferth o'r hanner efo fy mhlant i.'

'Pleser, Max bach. Yr unig bleser sydd ar ôl i mi rŵan.'

'Rydach chi'n rhoi gormod i'r plant. Roedd Dylan yn sâl neithiwr wedyn.' Distawrwydd. 'Fedar o ddim dal gormod o bethau melys.'

'Sut medra i beidio â rhoi iddyn nhw? Fedra i ddim peidio â rhoi unrhyw beth maen nhw'n gofyn amdano. Sut medra i beidio? Hen fyd creulon ydi o. Fedra i ddim bod yn greulon hefyd.'

Yna daeth newid arall dros Max. Cymerai fwy o ofal ohono'i hun ac roedd sioncrwydd yn ei droed. Hyd yn oed wedyn methodd Mabel â sylweddoli beth oedd ar droed. Ni ddychmygodd erioed ac ni ddaeth y meddwl iddi unwaith y byddai neb yn disodli Lisa o'i galon.

Daeth y gath o'r cwd un nos Sadwrn tra oedd hi'n rhoi bath i Dylan. Wedi bod yn lan y môr am y pnawn yr oedden nhw. Am y tro cyntaf teimlai Mabel ei bod wedi cefnu ar y gaeaf, er bod gwacter y gaeaf o'i mewn hefyd. Roedd gweld y ddau blentyn yn chwarae ar y tywod, gan redeg o flaen y llanw, yn gwneud iddi feddwl amdanyn nhw fel blodau'n dod allan o'r pridd. Doedd wybod beth ddôi i'r golwg nesaf. Cofiodd am Lisa'n dweud am y pethau a gawsai'n rhodd.

Wedi codi Dylan o'r bath yr oedd hi. Daliai yntau hwyaden rwber yn ei law a'i chodi i'r awyr, fel pe bai'n gwneud iddi hedfan.

'Wedi mynd i nôl mam newydd i ni mae Dad, ychi,' meddai'n ddi-lachar.

Chei di ond un fam 'y ngwas i, meddyliodd ynddi ei hun. Yn uchel gofynnodd:

'Pwy oedd yn dweud wrthat ti?'

'Dad ddeudodd,' neidiodd Mari i'r adwy. 'Doeddet ti ddim i fod i ddeud. Sypreis i Nain oedd o i fod.'

Synhwyrodd Mabel y perygl. Roedd yna arth yn sefyll y tu allan yn barod i lamu i mewn i'r ffau. Roedd cynllwynion yn y tywyllwch. Beth fyddai rŵan? Tybiodd iddi gael lloches am yr hyn oedd weddill o'i bywyd, yma'n sychu cefnau'r plant ac yn eu gwylio'n tyfu. Y tu allan roedd arth estron. Hon fyddai'n prynu eu dillad, yn rhoi bath iddyn nhw, yn eu rhoi yn eu gwelyau. Cafodd ddarlun ohonyn nhw'n edrych efo llygaid mawr dros ymyl dillad y gwely, cyn mynd i gysgu yn y tywyllwch.

Penderfynodd na fyddai'n sôn wrth Max. Fel rhyw fath o ddial arno, fe gâi ddweud wrthi ei hun. Druan ohoni, fe sylweddolai'n awr fod y llwyfan wedi'i osod a phopeth yn ei le ar gyfer yr actor.

'Meddwl y basach chi'n edrych ar ôl y plant i mi am wythnos,' meddai. 'Fydd dim raid i mi ddod ar eich gofyn chi eto.'

'Wrth gwrs, mi wyddoch.'

'Rydw i'n priodi fory.'

Clywodd ef yn dweud. Beth arall oedd hi'n ei glywed? Eisteddai i lawr yn ei chadair a Max yn sefyll gan edrych trwy'r ffenest. 'Mi fyddwn ni'n symud i fyw . . . Bromley . . . Kent . . . Jeannie . . .'

'Y plant?' gofynnodd, yn ddigon gwirion.

'Wrth gwrs. Roeddwn i'n meddwl y byddai'n well fel hyn. Toriad sydyn yn haws.'

'Mi gadwch mewn cysylltiad.'

'O gwnawn. Y Dolig a ballu.'

'Eu gwreiddiau. Mae gwreiddiau mor bwysig.'

'Rydan ni i gyd am ddechrau bywyd newydd. Jeannie, y plant a finna. 'Rydan ni'n ei haeddu.'

Am Lisa y meddyliai, gan gofio beth a ddywedodd wrthi. 'Mae yna hen ddynes y tu mewn i mi yn methu hel ei thraed.' Ar y funud, teimlai fel codi a'i ddyrnu yn ei frest, ond gwyddai na fyddai haws. Roedd o wedi penderfynu sut roedd hi i fod. Ai dod at y wal ddisymud hon a wnaeth Lisa? Y wal yma oedd ar draws gwaelod y llyn, hithau'n ei chicio â'i thraed noeth, heb wybod ei bod hi yno o'r dechrau. Lisa oedd yn gwybod cymaint ond heb wybod am y wal. Dyma hithau, Mabel wedi dod ar ei thraws rŵan.

Nos Wener oedd hi heno. Yfory fe ddôi Max yn ei ôl a mynd â'r plant i ffwrdd.

Clywodd ddrws yn cau a sŵn lleisiau fel clychau'n canu trwy'r tŷ. Arhosodd hithau yn y llofft yn edrych ar gysgod y ddaear yn cuddio wyneb y lleuad, arhosodd nes nad oedd ond cryman gloyw ar ôl. Cyn hir byddai'r lleuad gyfan wedi'i guddio oddi wrthi, ond cyn iddi fynd gosodwyd y pellteroedd ar ei map. Roedd cysgod cantel y ddaear i'w ganfod acw ar y lleuad. Gallai ei chysgod hithau fod yno, wedi ei daflu ar draws y milltiroedd, yn rhy fach i'w weld, yn rhy ddinod i sylwi arno.

Gollyngodd y llenni a throi oddi wrth y ffenest. Alff oedd yn iawn yn mynnu mynd â nhw allan i weld y lleuad. 'Mi fydd yn help iddyn nhw gofio amdanom ni,' roedd o wedi'i ddeud.

Dau englyn coffa

MEL

(Hen fodryb — Amelia Griffith, Llanfachraeth, Dolgellau)

I'w theulu rhoes ei thaliad, a'i gofal
    Yn gwfaint o gariad;
    I'r organ rhoes bêr ganiad,
    A rhoi ei chyfan yn rhad.

I'M BRAWD. 'GWYNDAF'

(Y diweddar gyn-archdderwydd)

Gwyndaf, rhoist inni geinder, a bwrlwm
    Dy burlais mewn hyder,
    Y tannau mwynaidd tyner,
    A'th salm fel balm fyth yn bêr.

D. Keri Evans

Caethiwed

O efyn byw, gofyn bod,
o arfaeth bythol orfod,
o'r caethiwed nad edwyn
ryddid na chadernid un
annibynnol, yn bennaeth
ar ei rym, ar drum neu draeth—
Dyn heb boen, dyn heb benyd
yr oer bwn ar war y byd.

Os wyf am garlam dramwy
rhaid, O rhaid eu torri hwy
—gefynnau o gof hanes—
a'u rhoi yng ngoleuni gwres
nodwydd na all niweidio;
y dur aiff â'r cur o'm co',
dihangfa o dyndra'r dydd
a nwydau'r nos annedwydd;
cael dianc a hawl dewis,
rhoi yr her heb dalu'r pris
am 'sgarmes cicio'r tresi,
i fyw yn unig i'r 'fi'.

Dy ddur nodwydd i'r nwydau
yn ateb rhwydd, i'r ti brau
gael dianc o grafanc gref
ddoe, a heddiw'r holl ddioddef:
dianc i freuddwyd ehud
a ffoi i wâl y sarff fud:
ymlid draig, draig darogan
gwae i'r ffôl ddilynwr gwan.

Ti yw'r caethwas a flasodd
mor ddel y rhwyd, mor ddwl rodd;
roedd hi'n rhad, ond brad ei briw,
siom ei hadladd symudliw.
Yn ei gwëad mae gwewyr,
O'i hôl gwêl y marwol gur.

Ieuan Parri

Yr Hen Biwritanes

Roeddwn yn sgwrsio gyda hen ffrind rai wythnosau'n ôl am ddyddiau ein plentyndod ym Mlaenau Ffestiniog cyn yr Ail Ryfel Byd a throdd y siarad at aelodaeth Seion, Capel y Bedyddwyr, yn y Blaenau ac medda fo'n sydyn, 'Er mai Piwritaniaid oedd pobl fel dy nain a'u tebyg, roeddan nhw yn andros o gymeriadau lliwgar hefyd.'

Ia, Piwritan oedd yr hen greadures mewn llawer ffordd. Mi roedd hi'n ymddangos yn galed, llym a chul. Gwisgai ffrog ddu hir bob amser ond — yn od iawn hwyrach — gyda *brooch* neu ddau, gloyw, yn sgleinio ar y düwch.

Ni ddarllenai ddim oddieithr ei Beibl, y Llyfr Emynau, a chofnodion y Bedyddwyr — *Seren Gomer* a *Seren Cymru*. Gwae ni fel plant pe daliai ni yn darllen dim arall ar y Sul — a buasem yn cael blas ei thafod pe gwyddai ein bod weithiau yn darllen hanesion *Desperate Dan* ar y slei yn ystod yr wythnos.

Ond nid ni'r plant yn unig gâi eu ceryddu ganddi. Lawer gwaith y dywedodd wrthyf, 'Deuda wrth dy dad fy mod isio gwybod pam nad oedd o yn yr oedfa fora Sul diwetha.' Roedd fy nhad ar y pryd yn ei bumdegau gyda thyaid o blant ac yn pregethu bron bob Sul.

Byw mewn stafell yng nghartref un o'i merched yr oedd hi ond yn mynnu gwneud ei bwyd a'i golchi ei hun hyd yn oed yn ei hwythdegau. Oherwydd ei thuedd i fusnesa a dweud y drefn, anaml iawn yr âi yr un o'm brodyr a chwiorydd ar ei chyfyl. Dim ond y fi, o'r plant, oedd yn mynd draw ati am sgwrs neu i redeg ar neges iddi.

Efo hi ac nid yn sêt fy rhieni yr eisteddwn ar y Sul a chan fod ei chlyw yn dirywio fy nyletswydd oedd agor y Llyfr Emynau i'r dudalen iawn er mai prin bod unrhyw eiriau rhwng ei gloriau hefyd nad oeddynt yn ddiogel ar ei chof.

Pe traddodai pregethwr fymryn yn dawel gadawai iddo bregethu am ryw ddeng munud ac yna — ar dop ei llais — gofynnai i mi, 'Ydi'r dyn 'ma wedi rhoi ei destun allan eto d'wad?'

Soniai am gymeriadau'r Beibl fel pe baent yn byw yn Stiniog. Bu'r teulu yn tynnu fy nghoes yn ddidrugaredd oherwydd un digwyddiad. Clywais Nain yn dweud wrth rywun, 'Rydan ni yn gneud cam â Solomon. Hwyrach fod ganddo fo ormod o wragedd ond mae 'na ochor dda iawn i'w gymeriad o hefyd.'

Yn y stryd nesaf roedd yna ŵr o'r enw Solomon Hughes yn byw ac yn hogyn tua saith oed fe gymerais i mai amdano fo yr oedd yr hen wraig yn sôn. Bûm yn eistedd gyferbyn â'i gartref am oriau er mwyn cael cip ar yr holl wragedd oedd, yn ôl nain, yn byw efo fo!

Yn y dyddiau hynny ni châi neb ei wahodd i dderbyn y Cymun yn Seion onid oedd wedi ei fedyddio trwy drochiad. Yn od iawn nid oedd hi yn or-hapus ynghylch y rheol. Un nos Sul roeddem, am ryw reswm, wedi mynd i oedfa yn un o gapeli y Bedyddwyr Albanaidd yn y Blaenau. Roeddent hwy yn fwy caeth na'r Bedyddwyr arferol a dim ond aelodau o'u diadell leol hwy a gâi gymuno. Glynent hefyd wrth y traddodiad o basio tafell o fara y naill i'r llall er mwyn i bob un dorri tamaid iddo ei hun. Ceisiodd y gŵr oedd yn eistedd wrth fy ochr basio'r bara heibio i mi a Nain i'w gyd-aelod ond yn anffodus syrthiodd y tamaid torth ar lawr. Dyma Nain yn dweud dros bob man, 'Sut Gristnogion ydi rhain d'wad, ei bod yn well ganddyn nhw daflu corff y Gwaredwr ar lawr yn hytrach na'i rannu efo cyd-gredadun.'

Os oedd y pregethwr yn hwyr yn cyrraedd byddai'r blaenoriaid yn gwahodd Jane Lewis i 'gymryd y rhannau arweiniol'. Un dydd Sul roeddwn yn eistedd efo plant eraill yn y Sêt Fawr pan ddaeth Nain ymlaen i ddarllen. Cyhoeddodd ei bod am ddarllen o'r bumed bennod wedi'r hanner cant o Lyfr y Proffwyd Eseia a ffwrdd â hi, 'O deuwch i'r dyfroedd, bob un y mae syched arno . . .' Ond sylwais fod yr hen dlawd wedi agor y Beibl yn Llyfr Jeremeia. Doedd hi ddim am gyfaddef i'r gynulleidfa bod ei golwg yn gwaethygu ond fe wyddai'r saint ers blynyddoedd mai adrodd o'i chof wnâi Nain bob amser — er ei bod yn agor y llyfr gan gymryd arni mai darllen yr oedd.

Gofynnais yn ddiweddar i un o'm brodyr beth oedd ef yn ei gofio yn bennaf amdani. Roedd ei ateb dipyn yn annisgwyl. 'Wyt ti'n cofio,' meddai Artro, 'nad oedd cae yn y Topia inni chwara arno ac mai ar y ffordd fawr yr oeddan ni yn chwara ffwtbol. Pe byddem ar ganol gêm a Nain Tanrallt yn digwydd pasio, buasai'n bownd o aros a gweiddi "Penalti". Yna fe afaelai yn y bêl, dweud wrth y "goli" am sefyll yn llonydd rhwng y ddwy garreg oedd yn byst y gôl, ei rhoi ar lawr rhyw ddeg llath o'i flaen, codi ei ffrog ddu at ei phenagliniau a rhoi andros o flaen troed iddi nes bod y bêl yn taranu heibio i'r goli druan'! Er hynny cyfaddefai 'mrawd ei fod dipyn o'i hofn ac mai anaml yr âi draw i'w gweld!

Rhaid i minnau gyfaddef fy mod innau yn ofalus iawn i beidio â'i chroesi. Cofiaf iddi fy anfon efo piser un diwrnod i fferm gyfagos i nôl llefrith. Ar y ffordd adref cofiais i mi weld un o'm cyfoedion yn troi piser o ddŵr rownd ei ben heb ei golli. Penderfynais roi cynnig arni ond yn anffodus cefais fy nhrochi mewn llefrith! Am fod gormod o ofn wynebu cerydd Nain arnaf bûm am tua dwy awr yn curo drysau'r ardal yn gofyn a hoffent imi fynd ar neges iddynt am geiniog neu ddimai nes ennill digon i brynu peint arall yn ei le! Afraid dweud imi gael andros o dafod ar ôl cyrraedd tŷ Nain am fod mor hir yn mynd a dod i'r fferm.

Cafodd ei hanrhydeddu gyda 'Medal Thomas Gee' am fynychu'r Ysgol Sul bron yn ddi-dor am dros drigain mlynedd a chefais fynd gyda hi i'r cyfarfod gwobrwyo. Os cofiaf yn iawn mewn capel yn Ninbych yr oedd yr oedfa ond ni allwn fyth anghofio cyfraniad Nain i'r gweithgareddau! Llond capel — a hi oedd yr olaf i fynd ymlaen i dderbyn ei medal. Gofynnodd y Llywydd iddi a hoffai ddweud gair. 'Na,' meddai dros y capel, 'mae'r hen swnyn 'na oedd o 'mlaen i wedi byddaru pawb am ugain munud ac mi rydan ni i gyd bron marw isio panad erbyn hyn.' Yn naw deg oed aeth i siop y cigydd yn y Blaenau i nôl tamaid o gig. Ar y ffordd allan neidiodd mastiff Dr. Morris ynddi a rhoi ei ddannedd yn ei braich. Gwaeddodd pawb arni i ollwng y cig i'r ci ei gael ond roedd hithau yn ei phoen yn gafael yn dynn yn y parsel a gweiddi, 'Na cheith, fy nghig i ydi o.' Cymerodd y fraich fisoedd i wella ac y mae'n debyg i'r sioc fyrhau tipyn ar ei hoes. Bu farw'n sydyn yn 91 oed.

Roedd wedi mynnu cael ei chladdu efo'i gŵr cyntaf ym mynwent Cefn-cymerau, Dyffryn Ardudwy. Yn hogyn tair ar ddeg oed yn 1940, nid oeddwn i, mwy na'r rhelyw o blant y Blaenau erioed wedi cael reid hir mewn car. Ar ddiwrnod teg o haf cawsom ni'r plant eistedd fel byddigions mewn car du mawr a theithio'r holl ffordd o'r Blaenau heibio i Lanbedr Ardudwy ac i Gefncymerau. Rwy'n dal i gofio canu'r gynulleidfa yn sŵn yr Afon Artro. Ar ôl cyrraedd yn ôl gartre' dyma fi'n dweud yn frwdfrydig, 'Argol, pryd ydan ni yn mynd i gael cynhebrwng eto?' Cefais andros o gelpan am fy haerllug-rwydd.

Y mae'n debyg y buasai'r hen biwritan yn llwyr gytuno â'r bonclust ond —piwritan neu beidio — buasai wedi sleifio tamaid o gacen bwdin imi yn wobr am ddweud fy meddwl yn onest hefyd, fel y gwnaeth hi ar hyd ei hoes. Ac erbyn meddwl onid traethu barn onest wnaeth pobl Stiniog a chwarelwyr Gwynedd ers cenedlaethau?

Mynwent Llanaber
(ger y Bermo)

Terfynol dir marwolaeth—a'r fwynglaer
Feingloch yn drist odiaeth;
Hynod dref uwchben y traeth,
Marwdref ar fin y mordraeth.

James Arnold Jones

Wyt ti'n cofio?

Mae gennym ni'r Cymry gryn obsesiwn â'r duedd i hel atgofion. Yn y maes cynhyrchiol hwn, rydym yn tra rhagori ar y Siapaneaid, canys rhai sy'n tueddu i anwybyddu eu gorffennol ydyn nhw. Mae 'na ddiwydiant wedi'i gysegru i'r Cof a ffatrïoedd atgofion ym mhob man . . . gweisg eiddgar, grantiau parod a marchnadoedd hawdd eu canfod. A 'dyw bywyd llawer i arwr ddim yn gyflawn heb fod testament du a gwyn wedi'i dorri â'i enw. Mae'r dyn llaeth yn sôn am ei rownd yn Bethnal Green, y bwtsiar am hen gig eidion Shir Gâr, y biwrocrat Cyngor Sir am gyllidau addysg, yr athro am ddiflaniad y *Three R's*, y ffermwr milltir sgwâr am yr unig dro y croesodd ffin i ymweld â Sŵ Caer, y gweinidog am ei drip cenhadol i gynhadledd yn Volta Uchaf, a phawb yn cofio, cofio, cofio.

Digwydd bod yn meddwl am hyn yr oeddwn yn ddiweddar am fod fy nhad bellach o dan bwysau i 'sgwennu hunangofiant ac yntau'n bedwar ugain. Ro'n i'n ceisio dychmygu pa fath o atgofion fyddai ganddo. Mae'n anodd dychmygu rhywun mor agos imi yn rhoi ei fywyd ar bapur. Tybiaf y byddai'n debyg i ddarllen disgrifiad llyfr fisitors o Gob Porthmadog! Mae'r gwir yn y cnawd wedi'r cwbl. Rwy'n barod i gydnabod y byddai ganddo rai atgofion difyr iawn, ond onid gwell fyddai iddo ddefnyddio cymeriadau'r llwch i ddyfrhau ei ddychymyg? Beth yw'r chwilen yma sydd gennym ni ynglŷn â phethau geirwir? A ydyn ni'n anghofforddus os nad yw'n draed ar y ddaear? Pam mae Cwm Sgwt ddoe yn golygu cymaint mwy na'r Gymru Fydd, boed adferiad boed Armagedon?

Nid yw'n anodd deall pam fod cyfrol fach glyd o atgofion yn llwyddo mor ddigamsyniol. Mae holl ingridiants y *bestselar* Cymraeg yn yr atgo! Mae'n apelio yn bennaf at frogarwch y Cymro, y balchder ffyrnig hwnnw sydd gan y chwaraewr yn ei gae ffwtbol ei hun a'r chwilfrydedd bythol i wybod o ble mae pawb yn dod a phwy sy'n perthyn i bwy. Mae olion hen lewyrch mewn print a llun Ysgol Sul bentrefol yn gwarantu sêl. Fodd bynnag, yr ail fagned i'r prynwr sy'n fy niddori i. Mae pobl yn ymwybodol bod amser yn brin, bod ein treftadaeth yn marw a'n bod ni o dan warchae amser. Dyna pam bod dwsinau o bobl o Langristiolus i Ynys-y-bŵl yn bythol jotio ar bapur berlau sydd ar lafar. Y 'gweriniaethwyr' fyddai'r gair delfrydol am y jotars hyn oni bai bod yr ymadrodd yma yn enw ar garfanau mwy nerthol o bobl mewn rhannau o'r byd sy'n fwy dwys eu gwleidyddiaeth na'r Cymry. P'run bynnag am hynny, does dim dowt nad yw y cenedlaethau diweddar o Gymry wrthi'n rhoi popeth a fedrant ar gof a chadw (ac yn anfon copïau o'r cwbl yn y post dosbarth cyntaf i'r Llyfrgell Genedlaethol) rhag ofn i'r bom niwcliar ieithyddol ddwyn cyfrif o'r Gymraeg rywdro'r ganrif nesaf.

Neges waelodol trwch yr atgofion hyn yw nad yw'r byd fel y bu. Eto i gyd, erys y gred bod yna ambell i gymeriad o'r pridd yn dal yn weddill, a bod yna ruddin cymeriad wedi'i gladdu ynom sy'n rhoi gobaith a gwerth inni. Y geiriau a glywais i cyn hyn yw 'bod ysbryd y werin ynom ni ac mai hynny sy'n ein gwahaniaethu ni a'r Saeson ddiawl.' Ddyweda i ddim pwy ddywedodd hynny na phwy chwaith a alwodd deimladau tebyg i'r uchod yn 'ffug-werinoldeb', hynny yw, y duedd i'n twyllo ein hunain fod gennym ryw ddiwylliant naturiol cynhenid ac arbennig. Ni fedrwn yn fy myw wadu ein cenedligrwydd cofier, canys mae 'na rywbeth ym mêr fy esgyrn yn dweud wrthof i ein bod ni'n wahanol. Eto, wrth folaheulo ar ein feranda tarmac ar yr unig ddydd Sul crasboeth a gawsom eleni yn gwrando ar Atlantic 252 ac yn darllen am Jim Davidson yn y *News of the World*, roedd clywed plant Porthmadog yn saethu ei gilydd yn Saesneg ar y stryd gyda gynnau'r *Mutant Turtles* yn peri i rywun gnoi cil ar ein harwahanrwydd. A'r ffaith sy'n sobri dyn yw hon: os bu rhywbeth erioed, mae e' wedi mynd. Un ddelwedd na all ddiflannu o'r meddwl yn ddiweddar yw darlun o blant bach Dresden yn drwlian dros gylchgrawn *Playboy*. Pa beth bynnag a ddywedir am ddiwylliant y gorllewin, mae pawb yn ei chwennych. Rydan ni i gyd yn debyg yn y bôn.

Ond i fynd yn ôl at y busnes hel atgofion yma. Mae fy nrwgdybiaeth i o'r farchnad atgofion yn dangos pa mor ddiwreiddiau yr ydwyf yn y wlad a garaf mewn ffordd mor ryfedd. Mae'r pair atgofion yn llawn gwreiddiau ac yn llawn o gymunedau o bobl sy'n deall ac yn adnabod ei gilydd os nad ydynt bob amser yn caru ei gilydd. A defnyddio ymadrodd modern Cymraeg, 'Mae Cymru yn fy mhen', ond, ysywaeth, 'sai'n siŵr bob tro lle mae 'nhraed i. Cyn wanned yw 'ngwreiddiau i fel mai prin fyddai'r prawf imi fyw petawn yn marw fory. Ond cyn mynd ar drywydd nihilistiaeth a hunan wae, dylwn ddweud bod yna genhedlaeth o ddrifftars tebyg yng Nghymru, crwydriaid o fewn diwylliant, supertrampiaid Cymraeg. Mae'r brîd di-glem hwn fel arfer yn dod o ardaloedd trefol, o gefndir mwngrel, ac nid ydynt yn gwybod ple mae'r wir Gymru. Mae ganddyn nhw ddigon o bethau lliwgar a deifiol i'w dweud am y Gymru sydd ohoni. Eto, nid ydynt yn siŵr a oes yna unrhyw werth i'w cenedligrwydd am nad oes ganddyn nhw ddim hanes. Nid pobl yr atgofion mohonynt.

Ond mae hi bron yn amhosibl i'r sinig mwyaf ymroddedig ymwrthod yn llwyr â'i hunaniaeth. Bwriais ymweliad ag Eglwys Llandâf yn ddiweddar. Dyma leoliad perffaith ar gyfer dadl boeth ar ystyr Cymru. Yno y saif un o'n heglwysi cadeiriol ac eto mae'r pentref ei hun yn nes ei anian at bentref yn yr *Home Counties* nag yw i Ferthyr Tudful neu Ddeiniolen. Yr hyn wnes i a'm mêt oedd ceisio dychmygu ein bod yn ychen heb iau yr iaith. Credai ef i'r iaith fod yn faen tramgwydd iddo yn ei yrfa mewn cysylltiadau cyhoeddus. Fedrwn i yn fy myw fyth honni hynny. Yna dywedodd na fedrai feddwl am unrhyw gyfiawnhad synhwyrol dros gadw'r iaith. Mwmblais innau ryw ystrydebau am werth cerdd dafod ac yn y blaen, ond roedd ei dafod e'n chwimach ac fe'm argyhoeddwyd nad oedd rhoi geiriau mewn mydr o angenrheidrwydd yn ychwanegu at werth y geiriau hynny. Roeddwn i'n fud wedyn nes inni gyrraedd *Ye Olde Village Pub* yn Llandaff. Ac ymhen rhai peintiau yn ddiweddarach, trois ato a dweud: 'Ie, John, ond mae rhai pobl yn cofio . . .' Enillais y ddadl honno.

Y drwg yw nad wyf yn un o'r rhai sy'n cofio. Blodeuodd fy nghenhedlaeth i o dan gysgod 1979. Mi welson ni Ddatganoli yn mynd i'r tir braenar, y deffroad cenedlaethol yn syrthio yn ôl i drwmgwsg a siniciaeth a hunan-les blynyddoedd Thatcher a statws a pharchusrwydd y Cymry blaengar yn lladd pob owns o dân. Does dim deunydd atgofion yn hyn, dim ond dychan.

*   *   *   *

Ar ôl 'sgwennu'r geiriau gwacsaw a hunandosturiol hyn yn nhwll rhyw noson ddistaw arall yn Eifionydd, mi ffoniais fy nhad. Ni fu erioed fawr o sgwrs ffôn rhyngom; nid ydym yn rhai da am hel straeon chwip, ond mi ofynnais iddo am ei hunangofiant.

'Wyt ti'n mynd i 'sgwennu'r hunangofiant 'na neu be . . . ?'
Mmmm . . . aaaa . . . wi'n teimlo y byddai'r holl beth braidd yn fyfïol . . .'
'Ro'n i wedi clywed y ddadl yma o'r blaen.
'Ond mae gen' i ryw gynllun yn fy meddwl . . .'
'O, ie?'
'Wi'n bwriadu hepgor y cyfnod diweddar i gadw gwrthrychedd. Mae'r cyfnod cynnar yn fwy diddorol beth bynnag.'
Oedodd wedyn fel 'tae ar fin esgusodi ei hun, ond wedyn meddai:
'Diwedd y chwedegau fydd y fan bellaf . . .'

Bu bron i mi ddweud — beth amdanaf fi, beth amdanom ni? Ond ni ddywedais yr un gair; roeddwn i'n deall arwyddocad yr holl beth. Roedd ei Gymru wen yntau wedi diflannu ymhell cyn fy amser i.

Os bydda i byw ac iach i ganol y ganrif nesaf, efallai y dylwn ystyried 'sgwennu rhyw bwt o hunangofiant y pryd hynny a chymryd arnaf osgo Jeremeia gan wir alaru ym Mabilon. Mi fedra i ddychmygu'r peth 'nawr. Teitl y gyfrol fydd 'Yr Hen Ffordd Sinicaidd Gymraeg o Fyw', y cyhoeddwyr, Gwasg y Nos, a'r pris, 5000 ECU. Ond os gwireddir proffwydoliaethau duaf ein hoes ni (ac mae pob rheswm yr ochr hon o'r haul yn awgrymu hynny) ni fydd 'na fawr neb ar ôl i ddarllen y gyfrol. Heblaw, efallai, am archifydd neu ddau yn Sain Ffagan a fydd yn dal i gofio.

Llwyfan yw'r byd . . .

Llwyfan yw'r byd achlân!
A'r bobl i gyd sydd ynddo, actorion ydynt.
Maent wrthi yn mynd a dyfod yn eu tro:
Pob dyn yn chwarae llawer part mewn oes,
A'i hoedel yn saith act. Yn gynta'r baban,
Yn mylu ac yn slefru ym mreichiau'i fam,
Ac yna'r crwtyn gwichlyd, gyda'i satsiel
A'i sgleiniog fore wedd, yn llusgo draw
Fel malwen tua'r ysgol. Yna'r llanc
Ochneidiol boeth, sy'n gwneud galarus gân
Am ael ei gariad. Wedi hynny'r milwr,
Ei lewaidd farf, a'i estron lyfon lu;
Balch o'i anrhydedd, sydyn-sgut mewn cweryl,
Yn mynnu ymgeisio am ddiflanedig glod—
Ie, yn ffroen y fagnel. Yna'r ustus,
Yn foliog braf gan fraster ffowlyn ffres,
Yn llym ei lygad ac yn dwt ei farf,
Llawn dywediadau doeth a phrofion modern;
Ac felly yr â drwy'i bart. Y chweched act
Yw'r brawd sliperog, tenau, hurt, a'i sbectol
Ar bont ei drwyn, a'i sgrepan wrth ei glun:
Ei sanau, (ffrwyth darbodaeth), yn rhy llac
I'w 'sgeiriau cul, a'r dyfnllais dynol gynt,
(A droes yn drebl plentynnaidd eto'n ôl),
Yn gwichian pan lefara. O'r diwedd daw
Act ola'r hynt helbulus, ryfedd hon,
Sef ail blentyndod ac anghofrwydd llwyr,
Heb ddant, heb flas, heb lygad, heb ddim byd.

Trosiad J. T. Jones
o araith Jaques yn nrama Shakespeare
Bid Wrth Eich Bodd (Act 2: Golygfa 7)
Gwasg Gwynedd, 1983

Pwy yw pwy?

EDGAR PARRY WILLIAMS

Yr aelod dros Groesor! Bugail ar lechweddau'r Cnicht a'r Moelwyn cyn iddo ganiatáu i gwrs addysg yng Ngholeg Harlech a chwrs gradd yn y Gymraeg yng Ngholeg Prifysgol Bangor ei lygru! Boi sy'n ei medru hi! Yn ei elfen yn y Babell Lên ym mhob Eisteddfod. Pencampwr cydnabyddedig fel limrigwr, ond y mae'n rhaid iddo yntau fynd allan bob dydd i ennill ei fara. Gwna hynny drwy weithio fel swyddog i'r Bwrdd Twristiaeth.

JOHN CHRISTMAS WILLIAMS

Un o hogiau Nefyn. Fferyllydd ffraeth wrth ei alwedigaeth a bardd di-ymhongar. Bu'n fuddugol yng nghystadleuaeth y delyneg ar y testun *Haf Bach Mihangel* yn Eisteddfod Genedlaethol Llanrwst 1951. Roedd yn un o'r arloeswyr.

WILLIAM ROWLAND

Brodor o'r Rhiw. Prifathro Ysgol Sir y Port o 1924 i 1949. Awdur toreth o gyfrolau gwerthfawr yn cynnwys *Gwŷr Eifionydd* a gyhoeddwyd yn 1953. Un o benconglfeini'r Clwb am gyfnod hir a'i Lywydd Sefydlog am yn agos i ddeugain mlynedd.

J. T. JONES

1894-1975. Brodor o Langernyw. Ysgolhaig, cyfieithydd ac awdur yr englyn i'r *Llwybr Troed*. Y prif ysgogydd yn hanes cynnar y Clwb a hefyd, yng ngeiriau'r ysgrifennydd presennol, 'y dyn mwyaf a welodd y Port ers dyddiau William Alexander Maddocks'. Er nad yw Port wedi sylweddoli hynny chwaith.

JOHN O. JOHN

Un arall o'r hen lawiau a oedd ymhlith yr aelodau gwreiddiol. 'Hiwmorydd yn ystyr gyflawn y gair', chwedl *Y Cymro* amdano un tro. Darlithydd a darlledwr poblogaidd yn ei ddydd. Cyhoeddodd bum cyfrol, *Ein Pentra Ni, Darnau Diddan, Drwy'r Felin, Rhyngoch Chi a Minnau* a *Llwyaid o Siwgr*. Mae'r teip a gynrychiolid unwaith ganddo ef wedi mynd yn brin iawn erbyn hyn.

IEUAN R. DAVIES
Prifathro Ysgol Borth-y-gest am bum mlynedd ar hugain. Englynwr ac awdur storïau a llyfrau plant. Un o'r ffyddloniaid. Gadawodd fwlch mawr ar ei ôl pan fu farw yn 1989.

HUW ETHALL
Cofiannydd, llenor a beirniad sy'n awr yn byw yng Nghaerdydd. Cofir am ei lu cyfraniadau gwerthfawr i gyfarfodydd y Clwb yn ystod y blynyddoedd pan oedd yn weinidog Salem, Eglwys yr Annibynwyr yn y dre.

JOHN ELWYN HUGHES
Siopwr. Sgriptiwr. Actor. Cymeriad. John Elwyn fynnodd fod Clwb y Garreg Wen yn cychwyn yr ymgyrch i wahodd yr Eisteddfod Genedlaethol i'r Port. Colled fawr fu ei farw annhymig yng ngwanwyn 1985 yn sŵn y paratoadau ar gyfer gwireddu ei freuddwyd yn 1987.

IEUAN PARRI
Brodor o Lawrybetws. Cymro llengar a meddyg teulu rhadlon. Aelod blaenllaw o dîm Talwrn y Beirdd Penrhyndeudraeth. Aelod o Lys yr Eisteddfod Genedlaethol ac aelod er anrhydedd (Urdd Derwydd) yng Ngorsedd y Beirdd. Ef yw Llywydd Sefydlog presennol y Clwb.

JAMES ARNOLD JONES
Mae'n hanu o'r Bermo. Bu'n athro Lladin Ysgol Eifionydd am gyfnod yn y pump a'r chwedegau ac yn byw ym Mhorth-y-gest. Bardd hynod fedrus. Enillydd nifer o wobrau eisteddfodol yn arbennig ym Mhrifwyl Môn lle dyfarnwyd cadair a choron iddo droeon. Mae bellach wedi ymddeol ac yn byw yn Y Rhyl.

HARRI PARRI
Bu'n weinidog y Tabernacl yn y Port am oddeutu deng mlynedd ac yn aelod o'r Clwb dros yr un cyfnod. Yno y traddododd ei ddarlith enwog, *Y Filltir Sgwâr* gynta' 'rioed. Hir y cofir am ei gyfraniadau ysgafn a dwys, digri a difri — ond sylweddol yn ddieithriad — a chwbl nodweddiadol o'r arian byw o bregethwr, llenor a sgriptiwr sy'n hanu o Langïan yng Ngwlad Llŷn.

J. H. ROBERTS (MONALLT)
Y gwerinwr o Benrhyndeudraeth yr oedd y fath sglein ar ei ganu ac a enillodd gymaint o wobrau eisteddfodol pwysig. Ond nid oes angen cyflwyno Monallt. Ef yw'r unig un o blith ein cyfranwyr na fu erioed yn aelod cyflawn o'r Garreg Wen! Eto i gyd yr oedd yn gefnogwr brwd i'r 'achos', yn mynychu ambell gyfarfod ac, ar gyfrif hynny, câi ei ystyried fel 'aelod anrhydeddus'. Yr oedd gwefr i'w chael bob amser o wrando arno'n traethu. Braint yw cael cyhoeddi am y tro cyntaf rai englynion a luniodd tua diwedd ei oes.

JOHN EVANS
(Siôn Ifan). Prifathro. Pregethwr. Prifardd. Enillydd Cadair yr Eisteddfod Genedlaethol ddwywaith — Aberystwyth (1952) ac Ystradgynlais (1954). Darlithydd ffraeth a chwmnïwr diddan. Treuliodd flynyddoedd olaf ei ymddeoliad yn y Port. Rydym yn ddiolchgar i'w deulu am ganiatâd i gyhoeddi awdl gynnar o'i eiddo nas cyhoeddwyd o'r blaen.

JOHN WATKIN JONES
Un o'r sylfaenwyr sy'n dal i fod 'yma o hyd'. Ganwyd yn Llanfrothen mor bell yn ôl â dydd Sant Swithin blwyddyn Diwygiad 04. Chwarelwr, cyn symud i'r Port i fod yn gynrychiolydd cwmni yswiriant. Bu ef a'i briod yn byw am flynyddoedd yn Y Garth yn y tŷ ple ganwyd Eifion Wyn. Bedyddiwr cadarn. Cerddor o'i gorun i'w sawdl. Organydd. Arweinydd côr. Cyfansoddwr. Gŵr a roddodd wasanaeth oes i'w gymdeithas. Os bu i rywun erioed haeddu medal a chlod a phob anrhydedd . . . Bu'n Llywydd Sefydlog y Clwb am gyfnod cyn symud i fyw i'r Wyddgrug.

GWYN WHELDON
Gŵr sy'n ymroi llawer i lenydda. Treuliodd flynyddoedd fel ymchwilydd rhaglenni gyda Chwmni Teledu Harlech. Enillydd Medal Ddrama Eisteddfod Genedlaethol Llanbedr Pont Steffan 1985. Erbyn hyn mae'n blaguro fel bardd yn ogystal.

JOHN BRYN WILLIAMS
Twrnai llengar. Un o feibion y mans fel yr awgrymir yn ei ysgrif ond mae'n anodd penderfynu'n union lle mae ei wreiddiau hefyd, ai ym Môn ai ym Meirion, ai yng Ngwlad Llŷn. Erbyn hyn fodd bynnag mae'n byw ym Mhorth-y-gest. Hanesydd medrus, darllenwr eang, blaenor cydwybodol a thad i bedwar o blant.

GWYNN AP GWILYM
Er mai byr fu arhosiad y Prifardd o Fachynlleth ym Mhorthmadog — ac yntau yn Gurad Eglwys Sant Ioan — enillodd le cynnes yng nghalonnau'r trigolion, yn arbennig felly yn 'Y Garreg Wen' lle caed sawl cyfle i dystio i'w ddawn ac i gyfranogi o'i ysgolheictod.

ALWYN RICE JONES
Archesgob Cymru. Yr unig Archesgob i fod yn aelod o'r 'Garreg Wen'! Er mai mymryn o 'Ganon' oedd o ar y pryd hefyd! Cwmnïwr diddan ac aelod ffyddlon ac uchel iawn ei barch pan oedd yn Ficer Porthmadog rhwng 1975 a 1979.

JOHN RICHARD JONES

Ganwyd yn yr Ynys, Talsarnau, ond yn chwech oed symudodd gyda'i deulu i Ynys-y-bwl. Bu'n gweithio mewn pwll glo am ddeunaw mlynedd ac yna'n swyddog iechyd i Gyngor Pontypridd cyn symud yn ddiweddarach i swydd gyffelyb yng Nghaergybi. Treuliodd flynyddoedd olaf ei ymddeoliad yn y Port lle cafodd hamdden i ddarllen, i wrando ar gerddoriaeth glasurol ac i lunio ambell englyn.

MERFYN WILLIAMS

Un o hogia' Penrhyndeudraeth. Treuliodd flwyddyn yn Nigeria yn gwneud gwaith gwirfoddol ar ôl graddio yn Abertawe. Bu'n athro daearyddiaeth Ysgol y Moelwyn ac yna'n Bennaeth Canolfan Astudiaethau y Parc Cenedlaethol, Plas Tan y Bwlch, cyn ei apwyntio i'w swydd bresennol yn ddarlithydd mewn astudiaethau amgylchedd yn y Coleg Normal. Ymhlith ei gyhoeddiadau y mae *The Slate Industry* (Shire Publications). Ef hefyd oedd colofnydd *Y Faner* ar faterion yn ymwneud â chadwraeth a'r amgylchedd.

WYN BELLIS JONES

Mae'n hanu o'r Gwynfryn yng Nghlwyd. Graddiodd yn y Gymraeg ym Mhrifysgol Aberystwyth. Bu'n bennaeth adran hanes Ysgol Maes Garmon, Yr Wyddgrug, cyn ei apwyntio yn ddirprwy brifathro Ysgol Eifionydd yn 1977. Byth ers hynny mae wedi ymroi â'i holl egni i gyfoethogi bywyd diwylliannol bro ei fabwysiad. Ymhlith llu o bethau eraill mae'n weithgar gyda'r Urdd, yn aelod o banel golygyddol *Y Ffynnon* ac yn un o'r cantorion ym Mharti Meibion Dwyfor.

TED BREEZE JONES

Athro wedi ymddeol yn gynnar. Adarwr. Arlunydd a ffotograffydd ac awdur cynhyrchiol. Darlithydd poblogaidd. Cyfathrebwr rhwydd. Darlledwr profiadol, y mae ei lais a'i wyneb yn gyfarwydd i filoedd ledled gwlad.

TREFOR WILLIAMS

Ei eni yn Llundain a'i fagu yn Nhrefor, Arfon. Treuliodd 44 mlynedd yng ngwasanaeth Pwyllgor Addysg Sir Gaernarfon, 23 ohonynt fel Prifathro Ysgol Lloyd Street, Llandudno. Ynad Heddwch ac eisteddfodwr pybyr a enillodd nifer o wobrau yn adran llên yr Eisteddfod Genedlaethol. Ef oedd ysgrifennydd cyffredinol Prifwyl Llandudno, 1963. Cyhoeddodd naw o lyfrau i blant. Un o sylfaenwyr Clwb y Garreg Wen, ei drysorydd o 1943 i 1950 ac yna, ar ôl ymddeol, ei lywydd sefydlog o 1982 hyd ei farw yn 1988.

MORRIS J. ROBERTS

Gŵr o Benllyn wedi ei drawsblannu i Eifionydd. Amaethwr gwylaidd ond diwylliedig a hoffai gynganeddu ar dro. Gallai raffu englynion oddi ar ei go' a'u galw i wasanaeth ar gyfer pob achlysur bron. Un o'r aelodau mwyaf selog hyd ei farw yn 1990.

R. ELWYN THOMAS

Genedigol o Benrhos, Llŷn. Uwch Swyddog Gweinyddol i Gyngor Dosbarth Dwyfor. Aelod o Gyngor Tre' Porthmadog ers deng mlynedd. Treuliodd gyfnod fel Cadeirydd yn ogystal. Mae ganddo ddiddordeb mawr mewn llenydda ond bu'n swil i fentro i brint nes ildio i berswâd y tro hwn.

CYNAN JONES

Ganwyd ym Mlaenau Ffestiniog. O Ysgol y Moelwyn aeth i Brifysgol Lerpwl lle graddiodd mewn gwyddoniaeth. Bu'n gweithio ym maes datblygu economaidd nes penderfynu sefydlu ei fusnes ei hun — Gwasanaeth Ariannol Tarian — yng Nghaernarfon, oddeutu pum mlynedd yn ôl. Darlledwr achlysurol. Mae'n byw yn Nanmor lle mae'n weithgar yn y gymdeithas leol. Cyhoeddodd erthyglau ar lên gwerin. Mae yntau yn aelod yn Nhîm Penrhyndeudraeth o Dalwrn y Beirdd.

JOHN REES JONES

Brodor o'r Rhos Fawr. Cyn bennaeth adran bywydeg Ysgol y Moelwyn. Ysgrifennydd cydwybodol y Clwb ers ugain mlynedd. Gŵr amryddawn a llenor praff. Enillodd nifer o wobrau yn Adran Llên y Genedlaethol. Cyhoeddodd ddwy gyfrol o storïau byrion. Mae ganddo hefyd ddiddordeb ym myd y ddrama.

D. KERI EVANS

Ei eni a'i fagu ar fferm Doluchadda, Llanfachraeth, Dolgellau yn frawd i Gwyndaf, y diweddar brifardd a'r cyn-archdderwydd. Bancar wrth ei alwedigaeth. Bwriodd dymor yn Nhywyn, Aberystwyth a Blaenau Ffestiniog cyn ymgartrefu ym Mhorthmadog. Ef oedd yr aelod ieuengaf pan ymaelododd yng Nghlwb y Garreg Wen yn 1946. Bu'n aelod gwerthfawr am ddeng mlynedd ar hugain ac yn drysorydd am chwarter canrif. Wedi ymddeol ers rhai blynyddoedd bellach ac yn byw yn Abertawe.

MALDWYN LEWIS

Brodor o Flaenau Ffestiniog. Addysgwyd yn Ysgol y Moelwyn a Choleg y Gogledd, Bangor. Cyn-gadeirydd pwyllgorau Addysg, Cyllid ac Ysgolion, Cyngor Sir Gwynedd. Un o benseiri polisi addysg goleuedig yr Awdurdod. Bu'n ddarlledwr cyson ar radio a theledu. Wedi ymddeol bellach o fod yn Ymgynghorydd Yswiriant a Morgais ac yn treulio'i amser yn mynydda.

OWAIN PENNAR

Aelod ieuenga'r Clwb. Graddiodd mewn crefydd ac athroniaeth yng Ngholeg Aberystwyth. Bu'n golofnydd am gyfnod i'r *Herald Cymraeg*. Rheolwr a chyd-berchennog Siop Eifionydd, Porthmadog gyda Linda ei wraig. Cyw o frid! Cynrychiolydd teilwng teulu nid anenwog.

Y GOLYGYDD

Aelod ers 1961 pan apwyntiwyd ef yn bennaeth adran addysg grefyddol, Ysgol Eifionydd. Un sy'n barod iawn i gydnabod ei ddyled i Glwb y Garreg Wen am roi iddo'r hyder cychwynnol i ymhel â'r 'pethe'. Llafuriodd yn gyson wrth lunio papur ac mewn trafodaeth gydol y blynyddoedd i argyhoeddi ei gyd-aelodau o ogoniannau Môn, ei sir enedigol. Er mai ychydig iawn o lwyddiant a gafodd! Cadarn fu ac yw, concrit Philistia!

Swyddogion y Clwb
ers 1943

LLYWYDDION SEFYDLOG

William Rowland	1943-1979
John Watkin Jones	1980-1982
Trefor Williams	1982-1988
William Owen	1988-1991
Ieuan Parri	1991-

YSGRIFENYDDION

J. T. Jones	1943-1962
R. D. Jones	1962-1972
John Rees Jones	1972-

TRYSORYDDION

Trefor Williams	1943-1950
D. Keri Evans	1950-1976
Emyr W. Thomas	1976-1978
Meirion O. Jones	1978-1983
Goronwy Evans	1983-

Yr Aelodau Presennol

Elwyn Davies
Goronwy Evans
Gwyn Wheldon Evans
R. Elfyn Hughes
R. Silyn Hughes
Alwyn Jones
Cynan Jones
Geraint Lloyd Jones
Hywel Madog Jones
Ifan O. Jones
John Rees Jones
Meirion O. Jones
Wyn Bellis Jones

Maldwyn Lewis
Ieuan Parri
Owain Pennar
William Owen
Gwylfa Roberts
Elwyn Thomas
Gwynne Thomas
Idris Thomas
Emrys Anwyl Williams
Edgar Parry Williams
John Bryn Williams
Merfyn Williams